初恋の人が王太子殿下だったので諦めようとしたら激しく求婚されました

東 万里央

Vanilla文庫

初恋の人が王太子殿下だったので諦めようとしたら激しく求婚されました

目次

第一章 …… 7
第二章 …… 45
第三章 …… 117
第四章 …… 200
第五章 …… 238
エピローグ …… 307
あとがき …… 310

イラスト／ことね壱花

第一章

エルスタル王国南東に位置するミュラは、王都から馬車で十日と遠く離れており、口さがない貴族らからは田舎扱いされている。

一方で、ワインの名産地として名高く、ミュラのワインは高級酒の代名詞でもあった。なだらかな丘陵地が葡萄畑に適しているからだけではない。

初夏から初秋にかけては暑く、初秋から春の終わりにかけては寒いという、寒暖差のある気候がワインの原材料である葡萄の糖度を高めるからだ。

ちなみに、一面に広がる畑から葡萄が収穫されるのは九月下旬。

ミュラがそろそろ肌寒くなりつつある頃だ。今年も風に揺られる緑の葉の狭間には、濃い赤紫を通り越し、もはや黒にしか見えない、熟した果実がたわわに実っていた。

そんな葡萄畑を見下ろすように、ミュラの中心には一際高い丘と、その丘の上に木々と城壁に二重に守られた茶の石レンガ造りの城があった。代々の領主ミュラ伯クレーヴ家の一家が暮らす、ピエール城と呼ばれる城である。

城というよりは砦だろうか。王都に構えられた貴族の邸宅に比べ、無骨で実用に徹した造りだ。様式からして数百年前に建てられた、籠城戦に特化した建築物だったのだろう。巨大な箱をそのままポンと置いたような居住棟を、様々な時代に増築された大小高低の円柱、もしくは四角柱形の塔が取り囲んでおり、どの塔にも必ず窓があった。

平時には見張りが目を光らせ、戦時には射手がここから敵を攻撃するのだと思われる。

ところが、今日その塔の一つから外を眺めていたのは、今日の空を思わせる淡い青のドレスを身に纏い、髪に同色のリボンを付けたまだ十歳前後の少女だった。

背に流れる長く明るい金の巻き毛がミュラの初夏の陽の光を思わせる。

澄んだアクアマリン色の瞳はキラキラと輝き、少女の心根の明るさと健やかさを映し出していた。

その背に一対の白い羽さえあれば、今飛び立とうとしている天使に見えただろう。

長い睫毛に縁取られた大きな目に摘まんだような鼻。肌は極上の陶器を思わせる滑らかさと白さだったが、頬と唇だけは喜びで薔薇色に染まっており、見るだけで可愛らしさのあまり微笑んでしまう。

小さな顔の丸みのある輪郭がまだ子どもらしく、長じればどれほど美しくなるのかと思われた。

(今年は去年よりたくさん採れそう)

少女――ミレイユはピエール城で生まれ育ち、物心ついて以来葡萄を見守ってきたから、葡萄の出来を見る目は大人顔負けである。もう一つ自慢できるところは身軽さだった。ひょいと身を乗り出し塔の窓から居住棟の屋根、屋根から城でもっとも高い塔の窓に飛び移る。この塔は現在修復中で閉鎖されており、正攻法では立ち入れなかったからだ。

ミレイユを追い掛けてきたかつての乳母、現在は世話係のマリーが、居住棟の窓から顔を覗（のぞ）かせて悲鳴を上げる。

「おっ、お嬢様！　なんてところに！　危のうございます！　すぐにお戻りください！」

「大丈夫よ。慣れているもの。それに、お父様がやっと帰ってくるのに、閉じ籠もってチェンバロのレッスンなんてしていられないわ」

城から葡萄畑を突っ切って真（ま）っ直（す）ぐに伸び、彼方（かなた）にまで続く一本道を見つめる。

ワクワクしながら目を凝らしていると、初めは点にしか見えなかった馬車が、十五分ほどでそれとわかるところにまで来たので、思わず両手を挙げて大きく振った。

「お父様！　お帰りなさい！」

父の姿を認めるが早いか、居住棟の屋根に飛び移り、元いた塔に戻り階段を駆け下りていく。途中、ぎょっとして立ち止まる執事や召使いとすれ違ったが、まったく構わず風のように軽やかに玄関へ駆けていった。

やはり無骨で巨大な両開きの扉を衛兵に開けてもらい、外へ飛び出しもう一度馬車に向かって両手を大きく振る。

「お父様あー！」

腐食防止のためにニスの塗り重ねられた馬車から、荷物を手にした従者に続いて長身痩躯の男が一人降り立つ。すでに齢五十になろうかという、白髪交じりの金髪の男だった。

とはいえ、老いて衰えた様子はほとんどない。詰め襟のある濃紺の上着と白いズボンを身に纏っているのだが、胸板の厚さと上腕二頭筋の盛り上がりでただ者ではないとわかる。

続いて隙を見せない目と浅黒い左の頬に斜めに走った傷、節くれ立った手と腰に差したサーベルで、この男が歴戦の騎士なのだと判断できた。

ところが、エルスタルの騎士であれば必ず嵌めている、国王から授けられる銀の指輪がその手にはない。剣を握り続けて陽に焼けた手の肌の中で、かつてあったその痕だけが、中指の付け根に白く円を描くように残っていた。

しかし、ミレイユはそんなことはどうでもよく、半年ぶりに会う父――ミュラ伯アンリ・ドゥ・クレーヴに飛び付いた。

「お父様！　会いたかったわ！」

「ミレイユ、大きくなったな！」

アンリは愛娘を広い胸に抱き留め、腕に座らせ軽々と抱き上げた。

ミレイユは再会が嬉しくて堪らず、アンリの首に手を回してじゃれつく。

「お父様、私身長が三センチも伸びたのよ」

「そいつはすごい。この分だとお前を嫁に出すのもそう遠い将来じゃないな」

「私はお嫁になんか行かないわ。ずっとお父様と一緒にいるの」

嫁に出すと聞いてぷうと頬を膨らませる。

ミレイユは母の顔を知らず、家族は父一人きりだ。母はミレイユの誕生と同時に儚（はかな）くなってしまったからだ。

アンリ夫妻は三十後半になるまで子宝に恵まれず、諦めた頃にようやくできたのがミレイユだった。産婆からは年齢と体調を考えて、諦めた方がいいと忠告されたのだが、ミレイユの母は命を引き換えにしても構わないと突っぱねた。

アンリは同じ年の幼馴染みであり従妹であり、ずっと一緒にいた母を心から愛していたようで、周囲から後添えを勧められても理由を付けて断っていた。亡き妻の分もとミレイユを掌中の珠（たま）のように慈しんだ。ミレイユもそんなアンリが大好きだった。

なのに、アンリはミレイユが六歳になって間もなく、その忠誠心と剣術の腕を買われ、王立騎士団を束ねる騎士団長の補佐に任命されたのだ。

騎士団長は全国で二百近くある騎士隊の頂点にあり、当時は武勇の誉れ高い王弟ハロルドが任命されていた。ハロルドは以前盗賊団と小競り合いになった際、アンリとともに戦った仲間でもあったので、信頼できるアンリに右腕になってほしかったのだろう。

騎士団長補佐は平時王都に常駐しなければならなかった。ミレイユがアンリに会えるのは季節ごとの、年四度ある長期休暇の二週間だけ。

執事や召使いには蝶よ花よと可愛がられてはいるし、世話係のマリーには母親のように懐いている。それでも、父親でしか埋められない寂しさがあった。

そこまで考えミレイユはあれっと首を傾げた。今回のアンリの帰郷はいつもの秋の休暇より半月以上早い。予定が狂うのは初めてだった。

もっとも、ミレイユは早く会える方が嬉しいので、理由などなんでもよかったのだが。

「ねえ、お父様、これから秋の休暇は九月になるの?」

アンリは「いいや」と首を横に振った。

「お父様はもう騎士を辞めたんだ。だから、これからはお前と暮らせる」

「えっ!」

まだ子どもである上に、田舎で天真爛漫のお転婆娘に育ったミレイユは、アンリが意図的に聞かせなかったのもあるが、簒奪や暗殺——そんな血生臭い単語など知らなかった。

一年前国王ロベールが病で崩御した直後、騎士団長でもあった王弟ハロルドが、未亡人となった王妃を殺害。更に次期国王となるはずの王太子までもの命を奪い、王位を奪取したのちに権力を掌握したのだとも聞いていない。

アンリがかつての仲間が謀反を起こしたことが信じられず、賛同もできず、引き留められたものの騎士の証を返し、田舎領主として一生を終えると宣言したことも。

ミレイユにはアンリの心境など想像できなかったが、これからは一年大好きな父が城にいるのだと思うと、すっかり嬉しくなって浅黒い頬にキスを繰り返した。

「じゃあ、これからは遊んでくれるのね。明日は一緒に葡萄畑へ行ってくれる？」

「もちろんだ。三人ででもいいかい？　今日から家族が一人増えることになった。エドアールさ……エド！」

アンリが馬車を振り返る。ミレイユも釣られて目を向けると、開いた扉から一人の少年が姿を現した。年の頃は十三、四歳だろうか。

まず、痛々しいほど凛と伸びた背が目に入った。それから、漆黒の上着を身に纏った少年らしい細身と、白いズボンに包まれた長い足。腰に差した子どもには似合わぬ長い剣。漆黒の前髪が長いからか顔立ちはよく見えない。

（真冬の夜の闇みたいな髪だわ）

ミュラで黒髪が珍しいというわけではない。召使いにも何人かいるのだが、彼らの黒と少年の黒はまったく違っていた。混じり気が一切なく光を拒絶したような、冬の夜の闇にしか喩えようがない、深く濃い純粋な黒だったのだ。

また、少年の身のこなしはアンリと同じく隙がなく、訓練された者特有の無駄のない美しさがあった。急いでいる風にも見えないのに、人よりもずっと速く歩く。

　少年がアンリの前に立ち顔を上げる。前髪が一瞬風に流されその美貌が露わになった。

　ミレイユの目が大きく見開かれる。

「……うわあ」

　少年の瞳はラピスラズリを思わせる神秘的な藍色だった。こちらは夏の星の瞬く夜空を思わせる。ずっと見つめ続けていると、吸い込まれてしまいそうな深みがあった。

（髪も瞳も夜の色なんだわ）

　少年から目が離せない。

　子どもの丸みが取れつつある輪郭内には、凜とした黒い眉と影の落ちた大人びた目、すっと通った鼻と笑みのない薄い唇が、完璧なバランスで収まっていた。

「綺麗……」

　闇の化身のような少年の美しさは、一瞬にしてミレイユを魅了した。

「おっ、どうやらエドが気に入ったみたいだな」

　アンリが豪快に笑い少年を見下ろす。

「この子が以前お話ししていた俺の一人娘のミレイユでござい……ミレイユだ」

　何が気まずかったのか、途中咳払いをして口調を変え、次はミレイユの頬にキスをした。

「ミレイユ、この少年はエドだ。エドは一年前両親を亡くしてね。俺が引き取ることになったんだ。今日から家族になる。お前の兄弟みたいなものだな」

アンリによるとエドはクレーヴ家の遠縁なのだが、家族を全員亡くして孤児となってしまったのだという。

「じゃあ、このお兄様も……エドも一緒に暮らすの？」

「ああ、そうだ」

（こんなに綺麗な人と毎日遊べるなんて嬉しい）

ミレイユはアンリの腕の中から、「初めまして！」と挨拶をした。

「私、ミレイユって言うの。エド、これからよろしくね」

エドは「こちらこそ」と返した。

「これから世話になる」

寡黙な性格なのかそれ以上何も語ろうとしない。

一般的な子どもなら大人びたその雰囲気に馴染めなかっただろうが、ミレイユは相変わらずエドから目が離せなかった。

（やっぱりすごく綺麗な目……）

心臓がドキドキと鳴るのを生まれて初めて感じた。

ミレイユの心はまだ幼かったので、それが生まれて初めての淡い恋なのだとも、心にまだ光しかないからこそ、エドの持つ闇に惹かれたのだとは気付かなかった。

エドは物静かで無口な少年だった。

その夜はアンリ、エド、ミレイユの三人で夕食を取った。

元々軍事用であったピエール城の食堂は、王都に立ち並ぶ貴族らの豪奢（ごうしゃ）で洗練された食堂に比べて簡素だ。

何度も修復された石造りの壁に葡萄畑のタペストリーが掛けられ、同じ素材の床に防寒用の絨毯（じゅうたん）が敷かれている以外は、生成りのクロスの掛けられた長テーブルと椅子しかない。

そんな中でエドは料理を黙々と食べるばかりで、うんともすんとも言わなかった。

ミレイユはまだエドは家族を失った悲しみが癒えないのだろうと哀れに思った。

（でも、私がエドの家族なら、美味（おい）しいものを食べて、笑って暮らしてほしいと思うわ。完全に忘れられちゃっても嫌だけど）

ミレイユはニコニコと笑いながら、エドがたった今フォークで刺した、卵のフリットに目を向けた。

「あのね、今日のフリットの卵、私が採ったのよ！」

召使いに頼んで城の近くにある領主一家専用の鶏舎（けいしゃ）に入れてもらい、鶏の羽と糞（ふん）に塗れつつ六つも採ったのだと自慢する。

「卵を採っただけじゃないわ。時々餌もあげに行っていたんだから」

アンリが相好を崩し「そうか、そうか」と頷く。

「道理で美味いはずだ。なあ、エド」

エドはなぜかわずかに目を見開き、卵のフライを凝視していた。

アンリが「ミレイユは王都の令嬢とは違うだろ」と笑う。

「この子は政略結婚は考えていないんだ。……俺と縁を結びたい貴族なんてのはもういないだろうしな。だから、ありのままのミレイユを愛せる男と添い遂げられればいいと思っている。だから、まあ、好きにさせているんだ。一人っ子っていうのもあるけどな」

（エンを結びたい貴族なんてもういない？　お父様は何を言っているのかしら？）

ミレイユは首を傾げつつも、エドの反応の方が気になったので、テーブルに手を突いてエドに尋ねた。

「ねえ、美味しい？」

「あ、ああ。とても美味しい」

ミレイユは満面の笑みを浮かべて、自分の卵のフリットが盛り付けられた皿を、エドの前に押し出した。

「じゃあ、これもあげる！」

「いや……でも……」

「美味しいものをたくさん食べるときっと元気になるわ！」

アンリは戸惑うエドに「受け取ってやってくれ」と声を掛けた。

「ミレイユは気に入った奴にはいつもこうして餌付けしようとするんだ」

「餌付けって……」

エドはその単語を聞いて唇の端を上げた。それがミレイユの初めて見たエドの笑顔だった。ほんのわずかな表情の変化だったが、ミレイユにはエドがキラキラ輝いて見えた。

（笑った……！）

嬉しくて堪らず、その微笑みを目に焼き付たくて、エドをじっと見つめる。

一方、エドはミレイユに凝視され、少々居心地が悪そうだった。

「ミレイユ、僕の顔に何かついているのか？」

「うん、ついているわ。とっても素敵な笑顔」

ミレイユはようやく満足し、大好きなウサギ肉のローストを頬張った。

（これからずっとエドと一緒にいられるんだわ）

明日は何をして遊ぼうと楽しみで堪らなかった。


――ミレイユの就寝時間は一般的な子どもより一時間は早い。

日中遊び倒すのでぐったり疲れるからだ。ところが、その日は深夜に喉が渇いてふと目が覚め、むくりとベッドから体を起こした。

（水が飲みたい……）

隣の部屋で眠る世話係のマリーを起こそうと、寝ぼけ眼で寝室から抜け出す。ところが、扉を何度叩いてもマリーは目を覚まさなかった。そろそろと中へ入って揺すぶってみたのだが、疲れているのか寝返りを打つばかりである。

（仕方ないわ。一人で行こう）

ミレイユはランプに灯りをつけ、息を殺して廊下を歩いて行った。

普段は早寝早起きで、陽の光の下にあるピエール城しか知らないからか、こうして闇に閉ざされていると、生まれ育った城とはまったく違って見える。

空気はひんやりとして少々湿気ており、足音が不気味に石の天井と壁と床に反響している。ぽっかり開いた窓からはホウホウとフクロウの泣き声が聞こえた。

（嫌だわ……。なんだか怖い）

ふっとこの世の者ではない何か——マリーから聞いた幽霊や狼男、吸血鬼が現れるのではないかと、途中で立ち止まってぶるりと身を震わせる。

だが、恐ろしくて引き返そうにも、もう飲料水を汲んだ瓶のある、一階の厨房近くにまで来てしまっていた。

（真っ暗でも大丈夫よ。だって、闇はエドの髪と同じ色だもの）

そう考えると闇への恐れが和らぎ、「よし」と頷き厨房の扉を開けた。水瓶から陶器のコップで水を掬って喉を潤す。

すぐに寝室に戻ろうとしたのだが、途中、どこからか人の声が聞こえて立ち止まった
（だっ……誰？　幽霊？）

キョロキョロと辺りを見回す。やはりマリーを連れてくればよかったと後悔していたのだが、間もなくそれがエドの声だと知って目を瞬かせた。

（エド？　こんな夜遅くに誰と何を話しているの？）

すぐ近くから聞こえているところからして、厨房の壁の向こうにある中庭にいるらしい。

中庭には噴水や薔薇の茂みがあるだけではない。籠城戦の際の食糧として、リンゴやナシなどの何本もの果実の木が植えられている。ちなみに、噴水も井戸に繋がっており、飲料水の確保に一役買っていた。

ミレイユはそこで外遊びをするのが好きだった。

窓辺に手を掛け、声を立てぬように気を付け、中庭にエドの姿を探す。その最中に夜風が月を覆い隠していた雲を払い、月光が辺りを照らし出した。

「あっ……」

思わず声を上げそうになって口を押さえる。

中庭にいたのは一人ではなく二人。エドとアンリだったからだ。いずれも寝間着ではな

く普段着である。

いつものミレイユならすぐに駆け寄り、「何をしているの？　私も交ぜて！」と強請っていただろう。しかし、エドの前で胸に手を当て跪く父と、そんなアンリを見下ろすエドの射抜くような眼差しに、ただならぬものを感じて声を掛けられなかった。

二人の周囲の空気は張り詰めており、大人と子ども――明らかに庇護する者と庇護される者の関係ではなかった。むしろ主従――それも、エドがあるじに見えたのだ。

ミレイユはアンリが誰かに跪くのを見るのは初めてだった。何せ、ミュラの領主なのである。この地でアンリに地位と身分と血統で勝る者はない。

ミレイユは事の成り行きを見守ることしかできなかった。

エドが潔癖さを感じさせる薄い唇を開いた。

「なぜだ、アンリ。なぜ僕に剣を教えてくれない」

「剣とは復讐のために振るうものではないからです」

「なら、母上の無念は誰が晴らすというのだ!?　僕はこの手で叔父上を……いいや、あの謀反人を葬らなければ気が済まない……！」

吸い込まれてしまいそうな瑠璃色の瞳に怒りの炎が燃えている。目以外はほぼ無表情だからこそその激しさが際立って見えた。

「アンリ、これを見ろ」

エドは腰に差していた剣を引き抜いた。食事の際にも椅子の背に立てかけていたものだ。剣は無骨でいかにも重そうなロングソードで、鞘も柄頭も鍔も簡素なつくりだった。だが、柄の下にある握り部分に一粒、大粒のダイヤモンドが嵌め込まれ、冴え冴えとした月光を反射している。

「この剣は僕が六歳の頃父上より賜った、代々の王太子が受け継いできた宝剣だ。このダイヤモンドの輝きは涙に似ている……。父上と母上の無念の涙だとは思わないのか⁉」

アンリは剣の切っ先を突き付けられても怯まなかった。エドを正面から見据え「思いません」と言い切る。

「私があなたのご両親なのだとしたら、まずあなたが助かったことを喜びます」

「まだそんな綺麗事を抜かすのか‼」

ミレイユは思わず悲鳴を上げそうになった。エドが剣を薙ぎ払ったからだ。

だが、刃はアンリの前髪を数筋切り落としただけだった。そしてその間、アンリは一瞬たりとも瞼を閉じずエドを見据えたままだった。刃の煌めきを恐れもしなかった。

「それでも、何度でも申し上げます。復讐のための剣には限界がある。あなたはハロルドを……叔父上を倒したのち、王位を取り戻して何をどうなさるおつもりなのですか。自分だけの世界に閉じ籠もったきり、何も見えていないのではありませんか？　そこから先を説明できるまではお教えできません」

「それは……」

その先のことまで考えていなかったのか、瑠璃色の瞳を燃やす炎が揺らいだ。

アンリが言葉を続ける。

「私は決して賛同できませんでしたが、あなたの叔父上には謀反人となってでも手に入れたいものが、目指す国の形があった。だからこそ、可愛がっていた甥のあなたすら、迷いなく斬って捨てようとしたのです。今のあなたには復讐以外何がありますか」

エドが剣を引いた。

「……なら、僕はこれからどうすればいいんだ」

「答えはご自分で出さなければなりません」

アンリは深々と頭を垂れた。

「それまでは私アンリ・ドゥ・クレーヴが全力であなたをお守りいたします」

やがて話が終わったのか、再び月が雲に覆い隠されたのと同時に、二人が立ち去る気配がした。

ミレイユは早鐘を打つ胸を押さえつつ首を傾げた。

(復讐って仕返しってことよね?　エドには仕返ししたい人がいるのかしら?)

エドとアンリの会話を思い出す。

無念や謀反や綺麗事など、聞き慣れず、意味もよくわからない単語が多かった。悲しいかな、じっとしていられない性分のミレイユは、勉強や読書が好きではなかったので、語彙が同年代の子どもの中では乏しかったのである。

（とにかく、エドは酷いことをされて、その人に仕返しをしたいのね？）

エドが酷いことをされた――それだけで小さな胸にも怒りの炎が燻った。

（エドに意地悪するだなんて許せないわ）

エドに代わって自分がお仕置きをしてやろう――ミレイユはそう心に決め、小さな手をぐっと握り締めたのだった。


翌朝、エドの趣味はなんと自分の大嫌いな勉強や読書なのだと知って、ミレイユは十年の人生でもっとも大きな衝撃を受けた。

古典の朗読を抜け出し、エドを遊びに誘おうとしたのだが、雇われ家庭教師に勉強中だからと追い払われてしまったのだ。

エドの部屋の扉の前で立ち尽くすミレイユに、家庭教師は「お嬢様には申し訳ないのですが」と咳払いをした。

「エド様は今後自立される時のために、今から学問を身に着けられたいそうです」

「ジリツ？」

「……自立とは自分の力で暮らしていくということです。独り立ちとも申します」

エドはいずれこの城を出て行ってしまうと聞き、ミレイユは二度目の衝撃を受けた。

家庭教師曰く、貴族の次男、三男や名のある血筋の孤児は、男児の場合は年頃になると名のある修道院に二、三年預けられ、その後僧侶となるパターンが多いのだそうだ。あるいは、いずれかの騎士団に入団し騎士を目指す。女児の場合も修道院へ行くところまでは同じだが、その後嫁ぐか修道女になるかで道が分かれる。

「じゃあ、エドはお坊さんになるの？　そんな……」

「お、お嬢様、大丈夫ですか？」

家庭教師の声も耳に入らず、幽霊さながらにふらふらと廊下を歩いて行く。

（まだちゃんと仲良くなってもいないのに……）

だが途中、ある事実に気付いて立ち止まり、真っ青になって頬を押さえた。

（エドは勉強せずに遊んでばかりの子は嫌い？）

無念だの、謀反だの、綺麗事だの、難しい単語を日常会話に使っているのだ。エドは相当学んでいるに違いなかった。

（このままじゃいけないわ。私もちゃんと勉強しなくちゃ）

ミレイユも一応ミュラ伯の令嬢として家庭教師をつけられ、読み書き、計算、縫い物、刺繍、チェンバロのレッスンの他、将来嫁いだ際に必要とされる家計管理などを勉強している。

だが、見張り役の世話係のマリーを出し抜いて、授業を抜け出し遊びに出てしまうことがほとんどだ。それほど机の前でおとなしくするのが苦手だったのだ。

だが、自分が頑張って同レベルの会話ができるようになり、お喋りするのが楽しくなれば、エドも考え直してくれるかもしれない——そんな思いで自室に戻り、いつものようにミレイユを探していたマリーを仰天させた。

「おっ、お嬢様⁉　ご自分で戻っていらしたんですか⁉」

「うん。心配掛けてごめんね。……私、今日からちゃんと勉強するわ」

「こ、これは奇跡だわ。おお、神よ……」

ミレイユはちょこんと椅子に腰掛け、机に置きっぱなしにしていた計算の教科書を開いた。ずらりと並ぶ数字に頭がくらりとしたが、エドに嫌われないためだと覚悟を決める。

その日ミレイユは生まれて初めてなんと五時間以上集中し、「奇跡が起きた」と家庭教師を感動させたのだった。

毎日勉強していると今までいかに遊び呆けけ、やるべきことをやっていなかったのかを実感させられる。

ミレイユはその日やっと一日分の勉強を終え、気分転換にふらふらと中庭に遊びに出た。

(やっぱり勉強は苦手だわ。外で遊ぶ方がずっと楽しい)

だが、エドと楽しくお喋りするためなのだ。ぐっと我慢して机に齧り付くしかなかった。

空は青く晴れているのだが、すでに肌寒さを覚える秋風が吹き、中庭のリンゴの木の実をゆらゆらと揺らしている。もう一週間ほどで収穫できそうだった。

ミレイユのお転婆魂が疼く。

(ちょっと酸っぱいかもしれないけど、食べられないことはないわよね?)

ミレイユはドレスの裾を捲り上げると、するするとリンゴの大木を登っていった。一際太い枝に腰を下ろし歓声を上げる。

「わあ……」

今年は数年に一度の豊作の年らしく、甘酸っぱい香りの青リンゴが鈴なりに実っていた。

一つもいで軽く拭いて齧る。予想通り少々酸っぱかったが、十分美味しくなっていた。

(エドにも食べさせてあげたいな)

あとで持っていってあげようと思い、枝の先にある大きな実をもごうとする。うんと手を伸ばしたもののなかなか届かない。

「ミレイユ⁉」と名を呼ばれたのは、ようやくリンゴを入手した、まさにその瞬間のことだった。

「あっ、エド？」

リンゴの木の下でエドが目を丸くしている。上着は羽織っておらず、飾り気のないシャツとズボンだけだったが、簡素だからこそ少年特有のすらりとした細身を引き立てていた。

エドに声を掛けられたのが嬉しくて、ミレイユは満面の笑みを浮かべた。

「エド！　ねえ、このリンゴ、美味しいのよ。エドにも食べてもらいたくて――」

木の枝が軋んでミシミシと不吉な音を立てる。

しまったと引き返そうとした時にはもう遅く、ミレイユは折れた枝もろともリンゴの木から落下した。だが、ドサリと柔らかい何かに抱き留められて驚く。

「えっ……」

エドが抱き留めてくれたのだと気付いたのは、睫毛と睫毛が触れ合いそうな距離に、吸い込まれそうな瑠璃色の瞳があったからだ。

心臓がドキリとしてしまう。

「あ、ありがとう……」

（お伽噺の王子様みたい……）

昔乳母だったマリーから寝物語に聞かされたお伽噺に登場する王子様は、どんな時にも果敢に戦い、姫君を救い出していたのだ。

エドは「危ないな」と苦笑しつつ、ミレイユをそっと地に下ろしてくれた。

「元気なのはいいけれど、怪我をしないようにしないと」

エドは木の下に腰を下ろして右の膝を立てた。ミレイユもすとんと隣に座る。

エドはミレイユがなんの躊躇いもなく、そばにいようとするのに驚いたらしかった。

ミレイユはにっこり笑って、「エドは何しに来たの？」と尋ねた。

「ああ、なんとなく。外の空気を吸いたくなって……。ミレイユは？」

「私もそう。勉強に疲れちゃって」

「勉強？　そういえば最近外で遊んでいなかったね」

「だって、エドとお喋りがしたかったから。エドはたくさん言葉を知っているでしょう？」

エドは素直に好意を示され、わずかに目を見開いた。

「僕と話したい？」

「私、エドともっと仲良くなりたいの」

エドは「ありがとう」と礼を述べてくれたが、前を向いた途端、一瞬和らいだ影がまた濃くなった。

「だけど、今の僕にそんな価値があるのか……」

この数週間の猛勉強でミレイユにも年相応の語彙がついていた。

「カチってどれだけ役に立つかって意味でしょう？　どうしてそんなことを考えるの？」

「どうしてって……」

エドはしばし口籠もっていたが、やがて「ミレイユには難しいだろうな」と誤魔化した。

ミレイユは子ども扱いされ、滑らかな頬を膨らませた。

「私、もう十歳よ。子どもじゃないわ」

大人にとっても十四歳のエドにとっても、子どもでしかない年だったが、エドは「子ども扱いは確かにいけないことだな」と苦笑した。

「僕もまだ十四歳でしかないのだからと、ただ守られるだけの子ども扱いされるのは嫌だ」

エドはわかりやすい言葉を選びつつぽつり、ぽつりと身の上を語ってくれた。

「僕は王都で生まれ育った。両親は偉い人だったんだけど、二人とも死んでしまったんだ。だから、今の僕は何も持っていない。あって当然だと思い込んでいたものは、すべて二人に与えられたものでしかなかった。今は何も残っていない。……僕自身しかないんだ」

エドの家族を亡くした悲しみがミレイユにも伝わって来る。だが、エドの語った事情には、一つだけ否定しなければならないことがあった。

「私は、エドがここにいてくれるだけでいいわ」

だから、価値がないなんてことは有り得なかった。

澄んだ空と白い雲、見渡す限りの葡萄畑を見て育ったミレイユの心は、どこまでもまっさらだった。アクアマリンの澄んだ瞳は生まれなど関係なく、エド自身を映し出していた。

「だって、私、エドが大好き」

真っ直ぐな愛情表現に再び驚いたのか、エドが一瞬言葉を失う。

「……僕を好きって、どうしてだい？」

「どうしてって……う〜ん。エドの目が好き！」

「……僕の目？」

「それから、王子様みたいに優しいところも！」

王子様と聞いてエドがギクリと身を強張(こわば)らせる。

「エド？　どうしたの？」

「……いいや、なんでもない。君は不思議な子だな」

ミレイユは子猫のようにエドの腕にじゃれついた。

「そう？　それに、それに……エドの全部が好き！　笑った時が一番好き！」

エドの唇の端が上がる。

まだ柔らかさを残した少年の手の平が、ミレイユの金の巻き毛に埋められた。

「ありがとう。……嬉しいよ。僕もミレイユが好きだよ」

「えっ、本当？」

ミレイユは目を煌めかせて「じゃあ、じゃあ……」と、エドのシャツの袖を引っ張った。

「私とケッコンしてくれる？　エドにお坊さんになってほしくないの。ケッコンすればお坊さんになれないって聞いて……」

「ミレイユ、待ってくれ。僕が出家するって話はどこから聞いたんだい？」

ミレイユから説明を受け、エドは「それはないよ」とまた笑った。

「さすがにそんな気はないさ。何も見えていないまま、迷ったままで僧侶になるなんて、真剣にその道を目指す者にも神にも失礼だ。将来学びには行くだろうけど……」

ミレイユは頑張って勉強したつもりだったが、やはりエドの言葉の意味が理解できなかった。とにかく、エドを引き留めなければと必死だった。

「じゃあ、エドはお坊さんにならないのね？」

「ああ、そうだよ」

返事を聞いてようやく胸を撫で下ろしたのだが、結婚する理由がなくなってしまったのでまた慌てる。

「ねえ、エド、じゃあ、じゃあ……ううん、それでも私、エドとケッコンしたいの。駄目？」

結婚とは神の前で誓いを交わし、生涯をともに過ごすことだとは知っていた。だが、それ以上の意味は知らなかった。だから、無邪気にこう考えたのだ。

（エドとずっと一緒にいられるなんて、あの笑顔を見られるなんて素敵だわ）

エドはまた微笑んでミレイユを優しく撫(な)でてくれた。

「ミレイユが大人になっても僕を好きだったら、その時また申し込んでくれるかな」

エルスタル王国での成人となる年齢は、法律で定められているわけではないが、慣例として男子が十八歳、女子が十六歳ということになっている。

まだ十歳のミレイユにとっては、六年先は果てしなく遠い未来に思えた。それでも、迷わず「わかったわ！」と頷いた。

「約束よ。十六歳までエドを好きだったら、またプロポーズするからお嫁さんにしてね？」

右手の小指を立ててエドに差し出す。

「指切りげんまんしてくれる？」

指切りげんまんはエルスタル王国に古くから伝わる習慣だ。約束を確かなものにするために行われる。互いの右小指と右小指を曲げて絡め合わせ、「指切りげんまん嘘(うそ)吐いたら首をちょんぎっちゃうぞ」と、いささか物騒に聞こえる民謡を歌うのだ。

もっとも、もっぱら子どもの間で行われており、大人になるとそんなことはしなくなる。

だが、エドはミレイユを馬鹿にせず、目を細めて長い小指を差し出した。

二本の小指が絡み合った瞬間、ミレイユは心臓がドキリと鳴るのを感じた。エドの指は手の平より柔らかさがなく、父のアンリのそれにほんの少しだが似ていたからだ。

また、その手の平が温かく心地がよく、照れくさくてえへへと笑ったのだった。

翌日からミレイユは、天気のよい週末には、エドを外へ連れて遊びに誘うようになった。エドが「いや、僕は勉強か剣術を……」と断ろうとしても、「部屋に閉じ籠もりきりじゃいけないわ！」と腕を引っ張った。

「それに、私がエドと遊びたいの。ねえ、お願い！」

結局エドはどれだけ渋っても、ミレイユにそう強請（ねだ）られると、苦笑して「じゃあ、行かなきゃな」と付き合ってくれた。

ある冬の日エドとミレイユは馬を駆って、うっすら新雪に覆われた葡萄畑の果てを目指した。葡萄の木々はすっかり葉を落とし、枯れ木にしか見えなかった。

「ミレイユ、君はすごいな。女の子なのに馬に乗れるのか」

「お父様に強請って、六歳の頃からの特技なの！」

だが、駆けても、駆けても、葡萄畑には終わりがない。

二人は途中で馬を止めて振り返った。

「エルスタル王国にも、こんなに土地があったのか。……王宮の名画のようだ」

エドが感嘆の声を上げる。だが、すぐに亡くなった両親を思い出したようで、声には出さずに唇だけで呟（つぶや）いた。

「……こんなに美しい風景を父上や母上にも見せたかった」

ミュラの冬には珍しい青空のところどころに、つい一時間ほど前まで雪を降らせていた薄灰色の雲が散っている。

その下に新雪に覆われた、一面の葡萄畑が広がっていた。彼方にはなだらかな丘陵地の上にある、ミュラに唯一ある街が見える。更に奥には小高い山々が並んでいた。

自然そのままと人の手によって耕された葡萄畑の対比が美しい。両手の人差し指と親指で四角を作り、そこから覗（のぞ）き込むと一枚の風景画に見えた。

ミレイユは天使の笑みを浮かべた。

「私ね、ミュラの冬が大好きなの。春には大地が葡萄の若葉色に染まって、夏には葉が広がって濃い緑で覆われる。秋には果実が実って紫色が混じる。それから葉が私の髪と同じ黄金色になって、最後にこの景色になるのよ。従兄（いとこ）のフェリクスはなんにもなくてつまらないって言っているけれども、葡萄の木がじっと眠って力を蓄える大切な季節。次の果実を生み出すために……だから冬も綺麗なの」

エドはしばし無言で葡萄畑を見つめていたが、やがて不意に吸い込まれそうな瑠璃色の瞳をミレイユに向けた。ミレイユの心臓がドキリと鳴る。

「君がどうしてそんな風に育ったのかわかった気がする」

「そんな風ってどんな風に？」

エドの薄い唇の端が上がった。

「秘密だ」

「えっ、ずるいわ！　そこまで言ったのなら教えて！」

「馬で僕に追い付けたらね」

「じゃあ……葡萄畑の終わりまで競争よ！」

二人揃(そろ)って馬の腹を軽く蹴る。軽い嘶(いなな)きとともに馬が全速力で駆け出した。

──その日エドとミレイユは一日を掛けて、ピエール城周辺を見て回った。

葡萄畑に、ワインの醸造所に、発酵途中のワイン樽(だる)を納めた倉庫に──エドは見るものすべてが珍しいらしく、時折持参した羊皮紙に鉛の塊(なまり)でメモを取っていた。

「ワインの製造法なんて知らなかったから面白いよ」

葡萄畑を名画のようだと表現しただけではない。ミュラのワインにも興味を持ってくれたのだと知って、ミレイユはすっかり嬉しくなった。

時折ミュラに遊びに来る従兄のフェリクスは、ワインはともかくとして、葡萄畑や醸造所にもなんの興味も示さなかったからだ。

「エド、ミュラを好きになれそう？」

エドは唇の端を上げた。

「ああ、もう好きになっているよ」

ミレイユはエドの答えに喜びが爆発し、「もう一つ一緒に行きたいところがあるの！」と、その腕を引っ張った。

「とっても綺麗なところよ。私のお気に入りの場所なの！」

「へえ、葡萄畑より綺麗なところがあるのかい？」

エドとミレイユは再び馬に跨（また）がり、元来た道を引き返した。

「ねえ、エド、夜になったら待ち合わせをしてくれる？」

「待ち合わせ？」

「うん、そう。夜十時に飾ってある甲冑（かっちゅう）前で待ち合わせね。約束よ？」

そして約束の時間、エドは一分も違わず待ち合わせ場所にやってきた。ミレイユはそんなエドを手招きし、「こっち、こっち！」と、ピエール城でもっとも高い塔へ続く階段を上っていった。エドも首を傾げつつミレイユのあとに続く。

「ミレイユ、この先にあるのは塔だろう？　塔ならもうアンリ様の案内で見たことが……」

「ううん、まだエドが見ていないものがあるわ」

ミレイユは階段の最後の一段を踏み締め、天使の笑顔でエドを振り返った。エドの手を取り塔の窓へと連れて行く。

「ほら！」

エドはミレイユの視線を追って息を呑んだ。

夜の濃い闇にぽっかり満月が浮かんでいる。雪を降らせていたはずの薄雲が消え失せているからか、月光があますところなく天と地を照らし出していた。

人も、獣も、新雪に覆われた葡萄の木も、皆眠りに落ちひっそり静まり返っている。音のない世界で月は生きとし生ける者のすべてを、優しく見守るかのように輝いていた。その光は冷え冷えとした冬の景色の中では温かくすら見えた。

「綺麗でしょう？」

昼間とは違った葡萄畑に見惚れるエドに、ミレイユは腰に手を当てえっへんと自慢した。

「新雪が降ったばかりの夜にだけ、こんなお月様を見ることができるの。ずっと私だけの秘密だったのよ。お父様だって知らないんだから」

エドは目を瞬かせた。

「そんな大事な場所なのに、僕に教えてもよかったのかい？」

「うん！」

ミレイユは元気に頷き、空に浮かぶ満月を見上げた。

「ねえ、お月様ってお母様みたいだと思わない？　丸くて、優しそうで、温かそうで……。エドのお母様もきっとそんな人だったんでしょう？」

ミレイユの母ジャンヌは生まれてすぐ亡くなったので、肖像画でしか顔を知らない。だが、肖像画の母には温もりを感じられなかった。眠る前にわけもなく寂しかったり、悲しかったり、眠れない冬の夜には、この塔に上って満月に心を慰めていたのだ。亡き母はきっと天に召され月になり、いつも自分のそばにいてくれるのだと空想した。

エドはようやく両親を亡くして独りぼっちになった自分を、ミレイユが精一杯の思いやりで慰めようと、とっておきの秘密の場所を見せてくれたのだと悟ったのだろう。

「……ありがとう」と呟きミレイユの髪に手を埋めた。

寒い中でのエドの手は温かく、ミレイユは心臓がドキリと鳴るのを感じた。照れ隠しに「えへへ……」と笑う。

「エド、私ねえ、昔はお月様が独りぼっちに見えて、寂しくないかなって心配だったの。でもね、最近勉強して知ったんだけど、お月様の後ろにはお日様があるんだって」

「ああ、知って……」

エドは途中で口を噤み、「そうなんだ?」と唇の端を上げた。優しい微笑みだった。

「知らなかったな」

ミレイユは得意満面の笑顔で言葉を続けた。

「それを知ってなんだか嬉しくなったの。夜はお日様と一緒に私たちを見守っているのよ。だから、お月様は全然寂しくないって知って安心したの。……あのね、エドも自分を独りぼっちだなって思わないでね」

　隣のエドの手首をぎゅっと摑む。

「寂しい時には寂しいって言って。私が一緒にお月様を見に来てあげるから」

　エドの吸い込まれそうな瑠璃色の双眸が細められる。

「……そうだな。ずっと寂しかったよ。あの場所じゃ心を許せるのは家族である父上と母上だけだったから。だから、憎しみで誤魔化そうとしていたのかもしれない」

「エド……？」

「でも、もう寂しくないよ」

　エドは満月を見上げたまま黙り込んでいたが、やがて視線はそのままにぽつりと呟いた。

「君がいなかったら、この雪景色も美しいと思えなかったかもしれない」

　ミレイユにはエドの言葉の意味が理解できなかった。

（どうして私がいないと景色が違って見えるの？）

　だが、「お母様に会える私だけの場所」と秘密にしていた雪月夜の塔からの眺めを、エドと一緒に見ると確かにいつもよりずっと綺麗に、ずっと優しく見える。きっとそういうことなのだろうと自分を納得させた。

「ねえ、エド。朝の景色もいいのよ。お日様が東の空からゆっくり昇ってきて、当たりをだんだん明るくしていくの。明日早起きしてまた一緒に見に来ましょう？」

エドは唇の端を上げて笑った。

「じゃあ、明日の朝、また今日と同じ待ち合わせ場所で」

また指切りげんまんをして約束する。

十四歳のエドの小指と十歳のミレイユの小指は、大きさに差はあったものの、この時まだ少年と子どものものだった。

——ミレイユがエドと「成人したら結婚する」と約束を交わし四年の月日が過ぎた。

その間、二人は互いの両手の指を合わせても足りない数の、星月夜と日が昇りゆく葡萄畑の風景を眺めた。

同時に平均的な少女よりは小柄なものの、ミレイユの身長はぐんと伸び、体の線も徐々に丸みを帯びてきていた。特に乳房が著しく成長したからか、近頃は世話係のマリーにしきりに、「コルセットを着けろ」とせっつかれている。

（最近、胸がすごく邪魔だわ。ぶるぶる揺れて痛くて重い。こんなのなくなればいいのに）

一方で、元気でお転婆なところはほとんど変わっていない。だが、今日は雲一つない晴天で、普段なら外遊びに最高だと喜ぶのに、なぜかその表情は少々曇っていた。

いつものように勉強の合間の気分転換に、中庭のリンゴの木の下に座り込む。リンゴの木の枝以外の影が膝に落ちたので、顔を上げると大好きなエドの微笑みがあった。

「ミレイユ、元気がないね。どうしたんだい？」

エドはミレイユの隣に腰掛けた。すでに十八歳の成人を迎えたその顔立ちや表情は、大人びた少年から大人の男のものになりつつあった。

「だって……エド、もうすぐこのお城を出て行っちゃうでしょう？」

「出て行くって言っても、ほんの二、三年だよ」

「ほんのって……すごく長いわ。それに、エドはお坊さんにならないんでしょう？　なのに、どうして修道院に行かなくちゃいけないの？」

来月エドは修道院に旅立つことになっている。この四年でせっかく仲良くなれたのにと思うと寂しくてならなかった。

「習慣だからね。向こうで専門的な勉強をするんだよ。一人前になるには必要なんだ」

「絶対に帰って来るって約束してくれる？　手紙を書いてくれる？」

「また約束かい？」

ミレイユはこくりと頷いた。

「約束してくれなきゃ行かせないから」

エドはミレイユの可愛い我が儘に苦笑し、明るい金の巻き毛に手を埋めた。

「必ず帰って来るよ。……僕を待ってくれる人は君だけだから」

ミレイユはエドの腕に縋り付き、吸い込まれそうな瑠璃色の瞳を見上げた。

「ねえ、帰ったらお嫁さんにしてくれる?」

「ああ。君がまだその気だったらだけど」

「昔から絶対に変わらないって言っているじゃない」

エドの微笑みはいつものように唇の端を上げただけのものだったが、ミレイユにはそれがエドにとっては一番の笑顔なのだとわかるようになっていた。

(エドは私が小さいからって、馬鹿にしなかったし、嘘を吐いたこともなかったわ)

だから、自分の気持ちが変わったこともない。エドが帰るその日まで待つつもりだった。

「ねえ、エド、指切りげんまんしてくれる?」

「ああ、いいよ」

ミレイユの小さく細い小指とエドの長く大きくなった小指が絡み合う。

(エドの手……また大きくなったわ)

四年間の月日はエドを少年から大人の男に成長させようとしていた。

ミレイユはエドの温もりを感じながら思う。

(大丈夫。だって、エドは帰ってくるもの。エドは約束を破ったことはないわ)

第二章

――ミレイユには一つ上の従兄がいる。

フェリクスという名で、アンリの弟・シャルルの一人息子だった。

エルスタルでは女子の爵位相続は不可で、父系の男子のみが後継者として認められる。

しかし、現在伯爵の地位にあるアンリには、子は娘のミレイユしかいない。つまり、次期爵位はシャルルが、続いてフェリクスが継ぐことになっていた。

ミレイユもその件はアンリから聞かされていた。アンリが亡くなりシャルルかフェリクスが当主となっても、ミレイユは結婚までピエール城で暮らせるよう約束したのだと。

だが、ミレイユはフェリクスと一つ屋根の下で暮らすなどまっぴらごめんだった。

フェリクスは現在王都の別邸で両親とともに暮らしている。だが、年に一度将来ミュラの領主になるのだからと、城に一週間から一ヶ月ほど宿泊することがあった。

ちなみに、フェリクスの両親はミュラには娯楽がほとんどないので、行く気がしないからと息子だけを送り出している。それで最低限の義理を果たしたつもりなのだろう。

　こうして今年もフェリクスはピエール城へとやって来たのだが、ミレイユは毎度食事後フェリクスと顔を合わせるのが憂鬱でならなかった。

　案の定、フェリクスは夕食が終わり、それぞれが食後の時間を過ごすために散らばるが早いか、廊下でミレイユの肩を「おい」と言って摑んだ。

「お前、やっと令嬢らしくなってきたじゃないか」

　ミレイユは幼い頃から今に至るまで、フェリクスによく意地悪をされていた。運悪く隣の席になった場合、テーブルの下で足を踏まれたり、腿(もも)を突かれたりしていたのだ。だが、そのたびにすぐに仕返しをするか、怒って席を立っていた。

　アンリもそれに気付いていないはずがなく、その度フェリクスを叱っていたのだが、喉元過ぎれば熱さを忘れるのか、翌年になるとまた意地悪をするのだ。

　だが、ミレイユもさすがに十六歳になり成人ともなると、子どもっぽく怒るわけにはいかない。子どもなら許される行為も、大人に近付くと眉を顰(ひそ)められるのだと、さすがに徐々に学びつつあった。

　とはいえ、人前ではないところでは別だ。ミレイユは身を翻しフェリクスを睨(にら)み付けた。

　アクアマリンの瞳に見据えられ、フェリクスが息を呑む。十六歳となったミレイユは怒っていても可愛らしかったからだ。

　腰まで流れ落ちる明るい金の巻き毛は、大貴族の令嬢すら羨むほど眩(まばゆ)い。卵形の小さな顔に収まる小作りな美貌は、どれだけ眺めても見飽きるものではなかった。

三日月そのものの黄金の眉と、南洋の海を思わせるどこまでも澄んだ瞳。摘まんだような鼻は少々生意気そうだが、それがまた少女らしく可愛らしい。開いたばかりの花さながらの唇は誘うように開いて、薄紅色の舌と真珠色の白い歯を覗かせていた。

顔立ちだけではなく体もしっかり成長していた。相変わらず同年代の少女と比べると、身長はずっと低く体つきも華奢（きゃしゃ）だが。

しかし、ドレスの胸元を押し上げるまろやかな胸は、すでに大人の女性のそれだった。むしろ、並の大人の女性よりもはるかに存在感がある。それでいて腰は両手を囲った輪で摑めてしまえそうなほど、細くくっきりと括（くび）れ、男であればつい目が行ってしまう肉体だ。

そんなミレイユの可愛い唇から、天使の美貌に似合わぬ怒りの言葉が零（こぼ）れ落（お）ちた。

「そういうあなたはちっとも変わっていないのね。相変わらず子どもっぽくて意地悪だわ」

フェリクスの顔立ちは客観的にはアンリの若い頃に瓜二（うりふた）つだ。アンリのように浅黒い肌ではないが、明るい金のくせのない髪に琥珀色（こはくいろ）の瞳である。

だが、ミレイユは二人が似ているとは思えなかった。中身があまりに違いすぎたからだ。

「なんだって⁉」

プライドだけは一人前なのかフェリクスの顔色が変わる。

「お前、俺にそんな口を利いてもいいのか。この家は近い将来父上と僕のものになるんだぞ。お前を追い出すことだってできるんだ」

近い将来という表現にミレイユの細い肩がびくりと震える。だが、ミレイユは再びきっとフェリクスを睨み付けた。

「いいわ。あなたと暮らすくらいなら、葡萄をもいでワインを仕込む仕事につくわ」

「……っ」

フェリクスがなぜか一瞬怯む。だが、言葉が出てこなかったのだろうか。悔しそうに唇を嚙んでいたのだが、やがて「生意気なんだよ」と唸り、今度はミレイユの手首を摑んだ。

「痛いっ！　何をするの！　離して！」

アンリを呼ぼうとしたその時のことだった。背後に長身痩軀の青年が立ちはだかり、フェリクスの左腕を背後から捻じり上げた。

「うわっ！　い、痛い！　離せよ！」

フェリクスは痛みのあまりミレイユの手を離した。青年も傷付けるつもりはないらしく、すぐにフェリクスを解放した。

「あなたは……！」

窓から差し込む月光に照らし出されるその青年の姿に、ミレイユは息を吞んでその場に

立ち尽くした。

まず真っ先に目に入らざるを得ない、闇そのものの純粋な黒の短髪と、夏の星の瞬く夜空を思わせる瑠璃色の瞳。そして、古代の神話に登場する夜の王の化身さながらの美貌。

たった二年で眉はキリリとし、通った鼻も形のいい薄い唇も頬の線も、すべてが大人の男の鋭利で精悍(せいかん)なそれになっていた。

身長はぐんと伸びフェリクスより頭一つ分高い。足を包む白いズボンと漆黒の上着には、飾緒も宝飾品も何もなかったが、かえって青年の体格を引き立てていた。胸板は厚くなりつつあり、四肢は長く伸び、上腕に筋肉がついて、手には以前にはなかった筋が浮いている。

アクアマリンの瞳に喜びの光が宿った。

「エド……エドなのね⁉」

月光に照らし出されたその人影――二十歳のエドは唇の端を上げた。

「……ただいま、ミレイユ」

フェリクスはなんの前触れもなかった第三の人物の登場と、その人物に力で敵(かな)わなかったことによほど衝撃を受けたらしい。その場に尻餅をつきしばし呆然(ぼうぜん)としていた。

「おい、お前、誰なんだよ！」

よろめきながらも立ち上がり、つっかかろうとしたのだが、ミレイユがエドの前で両手を広げ、「やめて！」と庇ったのを目にし呆然とした。

「ミレイユ、いいんだ。僕はフェリクスとは初対面だからね。知らなくても仕方がない」

エドはフェリクスの前に立ち、「初めてお目に掛かる」と胸に手を当てた。

「僕はエド。アンリ殿から聞いていると思うが、この家に引き取られたミレイユの遠縁だ」

フェリクスは息を呑んでエドを見上げていたが、途中、目を瞬かせて首を傾げた。

「お前……どこかで会ったことがあるんじゃ……」

「いいや、ないな」

エドはそう言い切り「すれ違ったことくらいはあるかもしれない」と呟いた。

「王都で暮らしていたこともあったのでね。……もう過去の話だが」

フェリクスはエドが自分より遥かに高い上背だからなのか、闇の化身を思わせる美貌からなのか、醸し出す重々しくも高貴な雰囲気からなのか――いずれにせよ、生き物として雄として、本能的にエドに敵わないとは悟ったらしい。

エドが手を差し伸べ、握手を求めたのにもかかわらず、一歩、二歩と後ずさり、「今日はこれで勘弁してやる」と言い捨てた。立ち去り際にミレイユを睨み付ける。

「俺がミュラの当主になったら、お前は必ず追い出してやる！」

最後までみっともないフェリクスの捨て台詞に、ミレイユは呆然としていたものの、すぐにエドとの再会に胸が一杯になった。

「エド、ありがとう……！」

数年前のように駆け寄ろうとして足を止める。目の前にいる人がエドなのだとはわかっていた。だが、背がぐんと伸びただけではない。声は覚えているものよりもずっと低くなっており、エドの中の決定的な何かが変わったことを敏感に察していた。だが、それがなんなのかがわからない。

一方、エドも戸惑っているのが感じ取れた。だが、騒ぎの中で月が風に流された雲に隠れてしまったので、暗くて互いの表情が見えない。

違和感の正体が判明したのは、数分後に立ち尽くしていた二人を、はにかんだように狭間から顔を出した月が、柔らかな光で照らし出したからだった。

「ミレイユ……？　君は……ミレイユなんだな？」

エドが目を瞬かせている。

「え、ええ、そうよ」

ミレイユは出会った時のようにエドから目が離せなかった。

（エドは……こんな顔をしていた？）

逞（たくま）しく成長してはいるがエドには間違いない。なのに、気恥ずかしくて別れるより前のように、「エド！　お帰り！」と飛び付くことができなかった。

一方、エドもミレイユから視線を逸らそうとしない。しばしの沈黙ののち「大きくなったね」と呟く。そして、手を伸ばして以前のようにミレイユの髪に手を埋めようとした。だが、その手は途中で止まり、長い指は宙に浮いたまま行き所をなくしている。エドも何かに戸惑っていた。

それでも、距離を縮めたのはエドからだった。一歩前に踏み出しミレイユの前に立つ。

「ミレイユ……見違えた」

ミレイユは「嘘」と言おうとして口を噤んだ。うっかりそう口走りそうになったのは、身長が二年前からさほど伸びておらず、自分がチビなのだとよく自覚しているからだ。なのに、エドの吸い込まれるように深い眼差しは嘘を言っていない。

（エドは昔から嘘を吐いたことはなかったわ）

なら、一体何を見て大きくなったと発言したのだろうかと戸惑ったのだ。

ミレイユは自分が体だけではなく心も子どもから少女に、少女から女性になりつつあるのにまだ気付いていなかった。エドが少年から男性に変わってしまったことにも――

だが、この瞬間淡い初恋などではない情熱的な恋に落ちたのだとは本能的に悟っていた。

「……お帰りなさい」

恥じらいを含んだ声で呟く。

「ああ、ただいま」

二人はそれから互いの目を、ただじっと見つめ合っていた。

フェリクスはエドに力で敵わなかったのに恥じたのか、翌日さっさと王都へ帰還してしまった。プライドだけは天より高く育ったらしい。

エドはピエール城でもっとも高い塔から、フェリクスの乗った馬車を見送り苦笑した。

「君の従兄は顔立ちこそアンリ様に似ているが、性格はまったく違うな」

ミレイユはエドの隣に立ち、「フェリクスったら子どもっぽいの」、と頬を膨らませた。

「いつ来ても意地悪ばっかりして。もう私たちも大人なのに」

「……。フェリクスはいつも君にそんな真似をするのかい？」

「そうよ。フェリクスがもっと優しかったら仲良くなれたわ」

「ミレイユ、きっとフェリクスは――」

エドは途中で口を噤んだ。

「フェリクスは何？」

「……なんでもない。僕もそこまでお人好しではないからな」

話が続かず沈黙が落ちる。

（何か話さなくちゃ。でも、何を話せばいいのかしら？）

二年前なら楽しくお喋りができた。でも、今はなぜか恥ずかしくて口を開くのも躊躇う。

(私、どうしてしまったの？　エドもなんだか変よ)

「あのね、エド、私、もう十六歳になったの。立派な大人よ」

「……そうか。もうそんな年になったのか」

一般的な貴族の令嬢なら成人後、近隣の有力貴族や王宮から舞踏会の招待状が届き、社交界デビューする頃だ。特にまだ婚約者がいない場合、舞踏会や晩餐会が若い男女の出会いの場になり、宮廷でのコネクション作りにも役立つ。

だが、ミレイユには一通の招待状も届かなかった。

ミレイユもこの頃にはエドのために勉強したことで、世の習いや仕組みを知り、うすうすアンリの事情を察しつつあった。

アンリは王都の宮廷――というよりは、国王からよく思われてはいないのだ。

現国王ハロルドは前国王ロベールの王弟に当たるのだが、ロベール亡き後、謀反で王位を簒奪している。その際、王妃と王太子は斬り殺されたのだとも。

その後現国王ハロルドは宮廷で反対派をことごとく粛清し、絶対的な権力を握ったのだが、アンリが騎士を辞めたのもその頃だった。恐らく、反対派とまではいかなくとも、正義の失われた宮廷の雰囲気に嫌気が差したのだろうと思われた。アンリは曲がったことを何よりも嫌う騎士だったからだ。

だが、ミレイユは社交界などどうでもいいと感じていた。煌びやかな宮廷にも玉の輿の結婚にも興味がない。

（だって、私にはエドがいると思っていたから……）

なのに、エドの隣にいるだけでもじもじしてしまう。

エドは出会った頃には初恋の対象であるだけではなく、兄のようにも友だちのようにも感じていた。ミレイユにとってすべてをひっくるめた存在だったのだ。そして、自分がエドを好きであればよかった。それだけで満足できていた。

だが、今はエドにも同じだけの気持ちで、好きでいてほしいと願っている自分がいる。

本当の恋とはその人を請い求めることなのだと、ミレイユはこの時生まれて初めて知った。求めても得られるのかわからず、不安に苛まれることも――

動揺して心にもないことを口走ってしまう。

「でも、王宮からは全然社交界の招待状が来ないの。このままじゃデビューできずにお嫁に行けなくなっちゃうかもしれないわ」

エドの声のトーンが一段下がる。

「ミレイユはお嫁に行きたいのかい？」

「うん、だって、皆そうしているから……」

「皆そうしているからだなんて、ミレイユらしくないな」

「……っ」

非難されている気がして黙り込む。泣きそうになるのをなんとか堪えた。

（だって……昔みたいに結婚してだなんて言えない）

ミレイユはエドの優しさを誰よりも知っていた。

（私、なんてことを口走ってしまったのかしら。エドは子どもの私に付き合ってくれただけかもしれなかったのに）

「――ミレイユ」

名を呼ばれ恐る恐る顔を上げる。

涙を湛えたアクアマリンの瞳を目にし、エドの視線が動揺に揺らいだ。

「ミレイユ、どうしたんだ。どこか痛いのか？」

「……どこも痛くないわ」

「じゃあ、どうして」

エドは今度こそ躊躇わずに腕を伸ばし、ミレイユの明るい金の巻き毛に手を埋めた。

「僕に教えてくれないか」

昔と変わらない温かく優しい手だった。だが、その手の大きさと優しさの種類が、以前と違うように感じた。

ミレイユは頭にむず痒さを感じつつ、エドに甘えてこう答えた。

「エドに私らしくないって言われるなんて思わなかったから……」

エドはしばしの沈黙ののち、「済まなかった」と謝った。

「君を傷付ける気はなかったんだ。君が変わっていくのが、少し寂しくて……眩しくて」

アクアマリンの大きな目を見開いてしまう。

「私、変わった？　どこが？」

そんな自覚はまったくなかったので驚いた。

エドの指先がミレイユの巻き毛をそっと摘まむ。

「僕の知るミレイユは、もっと小さくて、元気で、お転婆で……だけど、今の君は綺麗だ」

「えっ……」

「とても綺麗になった」

まさか、エドとの初対面に自分が感じた印象を、エドにも抱かれていたとは思わなかったので、目をまん丸にするしかない。

（私が綺麗？）

エドは唇の端を上げ、ミレイユのきめ細かな頬に手を当てた。

「素直なところと表情豊かなところは変わっていないな」

「……っ」

心臓が早鐘を打ち始める。

「ミレイユ、結婚するならどんな相手がいい？」

エドの吸い込まれそうな瑠璃色の瞳から目が離せない。

「お父様みたいに優しい人がいいわ」

そこから先は恥ずかしくて言葉にできなかった。

（黒髪で、瑠璃色の瞳の人がいいわ。……エドがいい）

だが、気恥ずかしくて口にできない。以前なら飛び付きすらして強請っただろうに。

エドは「そうか」と唇の端で笑った。微笑とも苦笑ともつかない、なんとも言えない笑みだった。

明るい金の髪に再びエドの手が埋められる。大きく優しい大人の男の手だった。

養子の数年ぶりの帰郷をアンリはことのほか喜び、その夜はワインだけではなく、エスカルゴや地鶏（じどり）、トリュフ、チーズなどの名産品を使ったご馳走（ちそう）がテーブルに並べられた。

「エド、よく帰った。修道院での暮らしはどうだった？」

エドはエスカルゴを穿（ほじ）る手を止めた。

「はい。学ぶことが多くありました」

エドは王都の西にあるエルスタル第二の都市、シャルリの修道院で神学、哲学、天文学、数学、地理学、兵法、剣術、馬術などを学んだのだという。

ミレイユは兵法と聞き「えっ」と声を上げた。

「兵法って戦争の方法でしょう？　修道院ってお坊さんになる勉強をするところじゃ……」

エドとは手紙の遣り取りをしていたが、ミレイユは修道院での暮らしに興味津々で、その件についてばかり尋ねていたので、何を勉強しているのかよく把握していなかった。

ちなみに、修道院では僧侶に倣ってエドも剃髪し、修道服を着ていたのだそうだ。最後の一年になったところで再び伸ばし始めたのだとか。短期間のこととはいえ、あの見事な黒髪がなかったのだと思うと、なんだかおかしかった。

「もちろん、それもあるがそれだけじゃない」

アンリが丁寧に説明してくれる。

「修道院は研究機関、教育機関でもある。写本は皆坊さんがやるからな」

エドが学んだ修道院は写本が特に盛んな修道院で、そのためにありとあらゆる学問の膨大な書物を所有し、王宮の図書館に匹敵する膨大な書物が保管されているのだとか。

「まさしく知の宝庫ってやつだな。それらの書物を求めて、各地から様々な分野で優秀な僧侶が集まる」

そうした僧侶らが預けられた貴族の子弟らの教師となるのだ。

ちなみに、シャルリは交通と物流の要所でもあり、王都との交流も盛んなので、エルスタル全土の情報が入手しやすいのだともいう。

「……王都の現状は、陛下はどんな様子だかはわかったか？」

「……はい。今のところは叔父……ハロルド王の政治手腕は、及第点には達したと見なされているようです」

ハロルドは王位を簒奪後、初めの一年は四苦八苦していたそうだ。

強行に反感を買ったからだけではない。

ハロルドは元騎士団長であり軍人肌だ。兵法や剣術、馬術には長けていても、内政は得意ではなかったらしい。しかも前国王ロベールの手足となり、内政を担っていた側近らを、即位後に宮廷から追い出していた。結果、人材不足で頭を抱える羽目になったのだ。

だが、それも一部の臣下を呼び戻し、加えて志願者を募ることで解消したらしかった。

アンリは削り取ったチーズをパンに載せつつ呟いた。

「……そうか。あの方も国は戦争だけで動いているわけではないと理解できただろう。ロベール陛下がどれほど力を尽くしていたのかも……。戦で奪い取るのも奪い取られるのもそう難しくはない。それらを維持する方がどれほど力を尽くさなければならないか。エドも勉強したからわかるだろうが、国が滅びるのは他国の侵攻でよりも内政での自滅の方が多い」

「……はい。存じております」

吸い込まれそうな瑠璃色の瞳は、以前よりもずっと落ち着きがあった。

「アンリ様、食後にお話ししたいことがございます。よろしいですか」

「ああ。さあ、小難しい話はここまでだ。エド、お前ももう大人だ。ワインを飲むといい」

ミレイユは二人の話が政治的すぎて理解できなかった。置き去りにされたようで少々寂しくなる。

(二人で話したいことって何かしら？)

かなり気になったものの、今は人の心にはそれぞれ大切にしておきたい領域があり、立ち入るべきではないことを理解しつつあったのでできなかった。

(私だってエドとの約束は二人だけの秘密であってほしいもの)

だから、ぐっと我慢して何も口にしなかった。

ところが翌日の午後、チェンバロのレッスンが終わり、中庭で休憩をしようと回廊に来たところで、思い掛けない光景を目にすることになった。

中庭でアンリとエドが剣の手合わせをしていたのだ。エドの武器は数年ぶりに目にする、あのダイヤモンドの埋め込まれた剣だった。アンリも真剣を手にしている。

思わず「危ないわ」と叫びそうになったのだが、エドの見事な剣捌きに魅せられ、言葉も忘れてその場に立ち尽くした。

（……綺麗）

舞うような動きに息を呑む。

アンリがエドに斬り掛かったかと思うと、エドが剣で受けて軽く流し、アンリの懐に飛び込む。だが、アンリも歴戦の騎士。素早い動きで一歩引いて躱した。

激しい剣戟となり剣の間に火花が散る。

不意にエドが一歩前に踏み込み、籠手に保護されたアンリの右手を剣で打った。

剣術で並の力量だったなら、剣を取り落としていただろうが、アンリはやはり強かった。そのままの姿勢でエドの鳩尾に肘を入れたのだ。

これには耐えかねたのか、エドは剣を掲げて降参の合図をした。鳩尾を庇いつつ「やはりアンリ様はすごい」と苦笑する。

「まったく敵いませんね」

その口調は幼かったミレイユが聞いていたものでも、エドがミュラに来たばかりの頃のアンリに対しての、どこか気高く尊大なそれでもなかった。おのれの分際と立ち位置をよく知る大人のものだった。

アンリは剣を鞘に仕舞いつつ、感嘆の溜め息を吐いた。

「いいえ、すごいのはあなたです。たった二年でよくぞここまで……」

エドは陽の光に煌めく剣の刃を見つめた。

「この二年、かの地で様々なものを目にしました。醜いものも、美しいものも……」

「久々の華やかな街はいかがでしたか。……王都が恋しくなりましたか?」

エドは首を小さく横に振った。頭上に輝く太陽を見上げる。

「……不思議なものです。何を見ても思い出すのは、四年滞在したミュラのことばかり。葡萄は今頃実ったか、今年のワインの出来はどうか、雪は降り積もったのかと、故郷のように恋しくてなりませんでした。……いいえ、すでに僕の故郷となっているのでしょう。それに、ミレイユのことも――」

アンリがおっと目を見開く。

「娘がどうかなさいましたか?」

「……なんでもありません」

エドは苦笑し剣を鞘に収めた。

「僕にも帰りを待ってくれている人がいる……そう思うと孤独ではありませんでした」

「確かにミレイユはあなたのことばかり話していましたね。ふむ、そういうことですか」

「アンリ様」

エドはうんうんと頷くアンリに真っ直ぐな眼差しを向けた。

「僕はこの数年でおのれの小さきも思い知りました。地位も、身分も、財産も何一つない、ありのままの僕一人の力で何ができるのかとずっと考えていた……」

言葉を切りふと視線を回廊の壁に向ける。エドはその向こうにある葡萄畑を見つめているのだと、ミレイユはなぜだかわかった。

「僕はミレイユの愛するこの地を守りたい——そう思うようになりました。亡き父や祖先は僕のこの選択に憤るかもしれません。ですが、生まれて初めて自分の望みができたのです。僕は復讐のために血を流さない。大切なものを守るための戦い方を覚えたいのです。……二度と誰も失いたくはない。アンリ様、どうか僕に剣術を教えていただけませんか」

アンリは「……そうですか」と微笑んだ。

「ロベール陛下がお怒りになるなど有り得ません。あなたが自分の意思で何かを決められたことを、きっと誇りに思っていらっしゃることでしょう」

いつかのようにその場に跪き胸に手を当てる。

「そのような大役を任せていただくなど光栄です。誠心誠意、努めさせていただきます」

「どうか止めてください。今日からあなたは僕の師です。師が弟子に跪くなど有り得ない」

「確かにその通りですね」

アンリはいつものように豪快に笑いつつ、膝に手を当て立ち上がろうとしたのだが、途中、なぜか姿勢が崩れてしまい、反射的に剣の切っ先を地に当て体を支えた。本人も意外だったのか目を瞬かせている。

「アンリ様、大丈夫ですか？」

「……ええ、問題ございません。年のせいでしょうね。近頃膝が弱ってしまって」

それがアンリの病の兆候だった。


——エドが帰郷して初めの半年は、アンリの膝は時折湿布を当てるだけで済んでいた。ところが、一年になると痛みは一層強くなり、立ち上がるのも難しくなっていた。一旦寝込むと病状は瞬く間に悪化し、膝の痛みが足全体に、足全体から全身に広がり、激しく咳き込む発作が起こることもあった。

主治医曰く、現代の医学での完治は難しく、安静にして栄養を取るしかないのだという。若ければ多少回復することもあるが、アンリの年では判断が難しいところだと告知された。アンリはわずかな期間で見る影もなく痩せ細り、以前のような豪胆さは消え失せていた。

エドとミレイユはそんなアンリを体調のいい日にはたびたび見舞った。

「アンリ様、体調はいかがですか」

「悪くはない。元騎士が無様なものですね。エドには剣術を教えると約束していたのに……」

息苦しいだろうに、元騎士としてのプライドがあるのか、アンリは自力で体を起こした。

「アンリ様、なりません」

エドはベッドに歩み寄り、血管の浮いた手を取った。

「今は養生することが先決です。僕のために何かしようと思わないでください」

エドはアンリの琥珀色の瞳をじっと見つめた。

「アンリ様、このような事態だからこそ、お願いしたいことがございます」

背後に控えていたミレイユに目を向ける。

「ミレイユ、悪いが、しばらく席を外してくれないか？」

「えっ……」

二人きりで何を話すのかと気になったが、おとなしく頷いて立ち去る。

（だって、私はもう大人だもの）

ミレイユは先月十七歳となっていた。

「……わかったわ。お父様の具合が悪くなったら呼んでね」

扉を閉め溜め息を吐く。

（お父様はこれからどうなるのかしら）

アンリが病に倒れたばかりの頃は、ミレイユも父はきっと治ると信じていた。それまでアンリはミレイユにとって、世界で一番強く、逞しく、頼りになる存在だったからだ。しかし、寝込んでしまったとなるとさすがに不安になってくる。

廊下の途中でふと立ち止まる。考えたくもなかったが、考えざるを得なかった。

（もし、お父様が亡くなってしまったら……）

フェリクスに指摘されたように、独りぼっちになってしまうと気付いて、自分で自分を抱き締めぶるりと身を震わせた。

近頃やけにエドが頼もしく見えるのも、そんな不安があるからなのかもしれない——そう思うと自分の気持ちに自信が持てなくなった。

翌朝、ミレイユは食堂には向かわずに、城から出て三分の距離にある葡萄畑へ向かった。すでにうっすらとした赤紫の実がなっており、このまま病や虫にやられなければ、今年も豊作になりそうだった。

実に手を添えて思いを馳せる。

（エドと出会ったあの日にも、こうして塔の上から葡萄畑を眺めていたんだわ）

アンリが帰る日を今か今かと待っていた。

「——ミレイユ」

名を呼ばれて振り返る。夏の涼やかな風に揺れる葡萄の葉の狭間から、吸い込まれそうな瑠璃色の瞳が見え隠れしていた。

「エド……」

エドはミレイユの隣に立ち、葡萄の果実を一粒引き千切った。口に含んで「まだ酸っぱいな」と唇の端で笑う。

「お父様はどうだった？」

「ああ、君を無事嫁がせるまでは、まだまだ死ねないと言っていたよ」

「そうよね。お父様が死ぬはずないわよね」

ミレイユの声に不安の色を見たのだろう。エドはミレイユのアクアマリンの瞳を覗き込んだ。こんな時でもエドの美貌を間近にすると、心臓がドキリと鳴ってしまう。

「ミレイユ、大丈夫かい？　元気がないけど……」

ミレイユは目を伏せ「……怖いの」と呟いた。

アンリは母がいない分、目一杯の愛情を注いでくれた。そのおかげで幸福な幼少期を送ることができたのだ。

「ずっと昔のままでいたいのに、お父様は倒れて、私もエドも変わってしまって……」

エドは「わかるよ」と頷いた。

「僕もそれまで疑いもせずに歩んできた人生が、たった一年で激変したことがあった」

(ご両親を亡くした時のことね)

なんの疑いもなくそう思う。

「エドはどうやってそれを乗り越えたの?」

エドはミレイユを見下ろした。あの頃よりも身長差が大きくなっている。

「君がそばにいてくれたからだよ、ミレイユ」

「えっ……」

「君が何もない僕を大好きだと言ってくれたから乗り越えられたんだ」

エドはぽつりぽつりと過去を語った。

「僕の両親は地位と財産を狙われて殺されたんだ。僕も跡取りだからと生かしておけないと、斬り付けられて瀕死(ひんし)の重傷を負った」

死にかけていたところをアンリに助けられ、静養地で一年掛けて怪我(けが)を治療し、その後身を隠すためにピエール城にやってきたのだそうだ。

「じゃあ、エドは私の親戚じゃないの?」

「そうだね。血はまったく繋がっていないと思う」

「一体誰がエドのお父様とお母様を殺して、あなたを傷付けたの」

ミレイユは我が事のように憤った。

「私が仕返ししてやるんだから!」

いつもの調子を取り戻したミレイユに、エドは唇の端を上げて「ありがとう」と笑った。

「ずっと可愛がってもらって、信じていた人だったから、許せなくて今のミレイユみたいに復讐したいと思っていた。だけど、毎日君の笑顔を見て、君が生まれ育ったミュラで暮らすうちに、だんだん気持ちが変わってきたんだ」

なぜその人がそんな真似をしたのか、自分はこれからどうしたいのかを、真剣に考えるようになったのだという。

「ミレイユ、僕の望みは君の笑顔を守ることだ」

エドはミレイユの頬を包み込んだ。

ミレイユの心臓が早鐘を打ち始める。瑠璃色の瞳に心が吸い込まれてしまいそうだった。

「そして、君が生まれ育ったこの土地を守ることだ。あの人への憎しみは……きっと一生忘れられないだろう。だけど、僕は憎しみを晴らすためには生きないともう決めたんだ。きっと僕の気が済むだけで何にもならない」

ここまで家庭の事情を聞かされると、さすがに気になり尋ねずにはいられなかった。

「ねえ、エド、エドのお父様とお母様は何をしていた人なの？」

エドは「まだ言えない」と唸った。

「……だけど、きっといつか打ち明けるよ。いつか僕の両親が何者だったか――そんなことを聞いても意味がなくなる頃に。……とにかく、僕はもう王都へは戻らない。ミュラで君と一生をともにしたいんだ」

エドの言葉の意味が理解できず、ミレイユは首を傾げるばかりだったが、最後の「君と一生をともにしたいんだ」の一言で我に返った。

エドはミレイユの手を取り、真剣な眼差しでミレイユを見つめた。

「ミレイユ、僕と結婚してくれないか。実は先ほどアンリ様にはお許しをいただいた。ただし、君がはいと答えればの話だと返されてね。何よりも君の気持ちが大事だからと……」

「……っ」

エドが「アンリ様らしい」と苦笑する一方で、初恋の人からのプロポーズに、胸が一杯になって言葉が出てこなかった。

「うん……うん……」

昔のようにエドの腕にじゃれついて、「もちろんよ」と頷く。

「だって、約束だったもの」

初恋のエドからのプロポーズは、宝石付きの指輪などなかったが、それでもミレイユにはお伽噺の王子様からされるよりも嬉しかった。

「アンリ様が君が求婚を承諾したら、土地を分け与えると言ってくださったんだ。そこに家を建てて一緒に暮らそう」

エドはミレイユの背にそっと腕を回した。ガラス細工を扱うように優しい手つきだった。

だが、二人の甘く穏やかな日々は突如として終わりを迎えることになる。

かつて前国王ロベール亡きあと、王妃、王太子を手に掛け、王位を簒奪したハロルドが暗殺されたからだった。


――その一報がミュラにもたらされた時には、すでに事件が終わって十日が経っていた。

王都で夫と暮らしていたミレイユの母方の叔母が、大変な事態になったと手紙を寄越したのだ。なんでも国王ハロルドは臣下の反対を押し切って、隣国アイント王国への侵攻を企んだらしい。

一年前隣国アイント王国の国王が亡くなったのだが、ハロルドは自分の妃マリアが亡き王の第一王女だったために、王位継承権を主張したのだという。かの国王には王子がいなかったからだろう。

だが、アイント王国には王子がいない場合に限って、親族の男性を王配とし、女王が即位する伝統がある。そこで、ハロルドの侵攻の意思を察したアイント王国は、まだ嫁いでいなかった末の王女のクリスティナを女王に立てた。

クリスティナはまだ十八歳だったが非常に聡明で、たちまち臣下、国民の人心を掌握してしまったらしい。更に電光石火で周辺二国と軍事同盟を結び、エルスタルを迎え撃つ準備を整えた。

エルスタル対アイント王国であれば、エルスタルが物量からして断然有利だが、三国が同盟を結んだとなると話は別だ。ハロルドの臣下は分が悪い。今は止めた方がいいと進言したらしい。だが、ハロルドはすべての意見を突っぱねた。

そんなハロルドを嘲笑うかのように、十ヶ月前にエルスタル南の穀倉地帯に疫病が蔓延。王都の食糧の五割近くを賄っていたために、穀物の値段が跳ね上がっただけではなく、一部の地方に飢饉が起きそれどころではなくなった。

臣下らはこれで国王も諦めるだろうと思いきや、ハロルドは飢饉が勃発しなかったエルスタル北から、重税を取り立て戦費を賄おうとしたらしい。

これには北部を治める領主らが反発した。それでも、ハロルドは課税を強行しようとしたのだが、耳を貸さぬ国王の傲慢な態度に堪忍袋の緒が切れたのだろう。ハロルドはなんと出身の騎士団の騎士、それもかつての部下の一人に、入浴の最中に呆気なく暗殺されてしまったのだ。

ようやく負け戦を推し進める国王を打ち倒したと、臣下らが歓喜したのは束の間だった。今度は後継者問題が勃発したのだ。

ハロルドには年若い妃マリアはいたが、まだ子が一人も生まれていなかった。本人も夫が殺され危機感を抱いたのか、さっさと母国に帰国してしまっている。

　ならばと分家の男性を担ぎ出そうとしたのだが、皆六十を超えた老人ばかりで将来が不安だった。

　このままではエルスタル王国が他国からの侵略対象になってしまう――現在、臣下たちはどれだけ遠縁でもいいから、男系の男児はいないかと血眼になっているのだとか。

　ミレイユにはピンとこなかったが、寝込むアンリには衝撃的な一報だったらしい。ミレイユが読んで聞かせるなり激しくむせ込み、水薬を飲ませなければならなかった。

「お父様、落ちついた？」

　ミレイユはアンリの手を取り、琥珀色の瞳を覗き込んだ。

「ああ……。驚かせて済まなかったな」

　アンリはほうと大きく息を吐き、窓の外に目を向けた。

　春の澄んだ青い空の下に緑の葉をつけた葡萄畑が広がっている。ちょうど不要な芽を摘み取る芽かきの真っ最中で、農民や出稼ぎ労働者らがせっせと手を動かしていた。

「そうか。ハロルドは死んだのか……。あれほど信念があった男も、権力を手にした途端狂ってしまったのか。……前陛下はやはり偉大なお方だった」

　アンリは「……お返ししなければならないな」と呟いた。

　ミレイユは首を傾げた。

（返すって何を誰に返すのかしら？）

だが、尋ねる前にアンリが再び口を開いた。

「ミレイユ、羽ペンとインク、羊皮紙を用意してくれないか」

「手紙を書くの？　ちょっと待っていてね」

ミレイユはすぐに頼まれたものを手に戻り、「しんどいなら、私が書き取るわよ？」と申し出たのだが、アンリは「……いや、いい」と首を小さく横に振った。

「しばらく一人にしてくれないか。……待て。この件はもうエドには話したか？」

「ううん、まだよ。お父様に伝えてからって思って」

「……そうか。なら、今度俺から話すから、当分内緒にしておいてくれないか」

嘘や誤魔化し、曖昧な物言いを好まぬアンリが珍しく言葉を濁す。

「実はその……なんだな。エドの両親は亡くなったハロル……国王陛下と交流があったから、俺から話しておいた方がいいんじゃないかと思ってな」

「まあ、そうだったの」

両親の知人が亡くなったと知れば、確かに心穏やかではいられないだろう。

「わかったわ。私からは何も言わない」

ミレイユが一度約束したことや心に決めたことは、決して破らない真っ直ぐな娘だと知っていたからだろう。アンリは胸を撫で下ろしたように見えた。

「頼んだぞ」

一方、ミレイユは新情報に少々困惑していた。

（そう言えばエドが両親は偉い人だったたって言っていたわ。国王陛下って即位される前は王弟で、騎士団長だったのよね？）

王弟にしろ生半可な身分では謁見できない。一体エドの両親はどのような身分だったのかが不思議だったが、エドはまだ話せないがいつかは打ち明けると言ってくれている。それまではどれほど知りたくても急かさず待つつもりだった。

（だって、エドは約束を破ったことはないもの。それに……エドがどこの誰だって私は構わないわ）

エドがエドでありさえすればよかった。

気を取り直してアンリにキルトを掛け直し、「じゃあ、あとでね！」と手を振る。ところが途中、「ミレイユ」と名を呼ばれ立ち止まった。

「うん、なぁに？」

「……済まない」

「えっ、これくらい構わないわよ」

てっきり頼まれ事に対しての礼だと思い、ミレイユは天使の笑みを浮かべた。

「他にもほしいものがあればどんどん頼んでね！」

「……」

アンリは「……ああ、そうだな」と苦笑し、ミレイユが寝室の扉を閉めるまで、ずっと娘を見つめていた。そして、その姿が見えなくなると、「……恨まれることになるかもしれないな」と唸った。

——その日はミレイユにとっては、なんの前触れもなくやって来た。

いつものように朝を迎え、朝食を取って、勉強をして、エドと中庭のリンゴの木の下で結婚後について予定を立てるのだ。

アンリに分け与えられる予定の領地の一部は、フェリクスが受け継ぐそれからすれば、よほど小規模だったが二人で暮らしていく分には十分だった。

エドは羊皮紙に書いた土地の地図をミレイユに見せた。

「家はこの辺りに建てようと思うんだ。街からも近くて便利だから」

「まあ、じゃあ、お出かけもできるわね」

「使用人は初めは三、四人かな。収入が増えたらまた増やそう」

「十分よ。お掃除や料理くらい私もできるもの」

「えっ、料理？」

「だって、やってみたかったんだもの。エドがいない間に練習したのよ。卵のフリットが得意なの。エドの好物でしょう？」

「覚えていてくれたのか」

「赤ちゃんが生まれたら、子育てはマリーに手伝ってもらいたいわ」

ミレイユにはこれからのエドとの暮らしが楽しみでならなかった。

吸い込まれそうな瑠璃色の双眸が細められる。

「子どもか……。僕は兄弟がいなかったから、子どもはたくさんほしい」

「エドとの子どもなんて絶対可愛いわ！　きっと冬の夜の闇を紡いだような髪で、夏の星の瞬く夜空みたいな色の瞳の子よ」

ミレイユはすっかり嬉しくなってエドの腕にじゃれついた。

「僕はミレイユ似の女の子がいいな。君と同じ太陽みたいな金髪で、南の海の色の瞳をしているんだ」

「男の子も女の子も同じくらいほしいわ！　皆で笑い合ったら家が潰れちゃうくらい！」

「それは多過ぎだな」

エドは「……ところで」と咳払いをし、少々気まずそうにミレイユから目を逸らした。

「ミレイユ、君は……子どもを作るためには、男と女がどうするのかは知っているのか？　結婚すると避けられない問題なんだが」

神の前で誓い合い、結婚した二人はまず初夜を迎えるのだという。その神聖な儀式を経て正式な夫婦と認められるのだとか。

「ええ、知っているわ！」

ミレイユは天使の笑みを浮かべた。

「私、ニワトリとブタの交尾を見たことがあるの。それからすぐ卵と子ブタが生まれていたから、あんな風にすれば私たちにも赤ちゃんが生まれるんでしょう？　マリーもそう言っていたわ」

エドは約一分間ミレイユを凝視したのち、なんとぷっと吹き出し口を押さえた。

（……エドが声を出して笑った！）

エドの笑い声を聞くのは初めてだった。いつもは唇の端を上げるくらいだったからだ。

だが、それ以上になぜ笑われたのかが気になり、白磁の白さと滑らかさを持つ頬を膨らませる。

「もう、どうして笑うのよ」

「いや、マリーの気持ちがよくわかってね。間違っているわけじゃないんだ。だけど、やり方は大分違う」

「雄が雌のお尻に乗っかるんじゃないの？」

人間の交尾が想像できずに首を傾げる。

「じゃあ、私たちはどんな風にすればいいの？」

「どんな風にと言われても……」

エドは珍しく困っているように見えたが、唇の端にいつものあの笑みを浮かべた。

「結婚してから教えて上げるよ。君がもう嫌だって言うくらいにね」

ミレイユは心臓がドキリと鳴るのを感じた。吸い込まれそうな瑠璃色の瞳に、甘い光が浮かんでいたからだ。目が離せなくなりそのまま見つめ合う。

「……結婚してからじゃ遅いわ」

春の少々強い風が吹き、ミレイユの明るい金の巻き毛と、エドの混じり気のない黒髪を舞い上げる。

「ねえ、エド、教えて？」

潤んだアクアマリンの瞳と薔薇のような唇に魅せられたのだろうか。エドはミレイユの顎を摘まんで見下ろした。情熱を注ぎ込むような眼差しに、ミレイユの心臓が早鐘を打ち始める。

「ミレイユ……」

エドの形のいい薄い唇が、ミレイユのそれに触れようとした、その時のことだった。

「えっ……エド様っ……！」

執事が息せき切って飛んできたのだ。しかも、その顔色は真っ青で、ただ事でないのだとわかる。

「あら、どうしたの？」

「エド様……いいえ、エドアール様、宮廷よりお迎えが参りました」

「……？　宮廷から迎え？」

ミレイユは首を傾げた。

（どうして宮廷からエドに迎えが来るの？　それに、エドアールって誰のこと？）

エドはこれから自分と結婚し、ずっとミュラで暮らすのに、なぜ宮廷から迎えが必要なのかが理解できなかった。

一方、エドの顔色は心なしか悪くなっている。

「エド、どうしたの？」

エドはミレイユに答えず、拳を握り締めて首を横に振った。ゆっくりと立ち上がり執事を見据える。

「僕は、エドアールじゃない。王太子はもう何年も前に死んだんだ。そう伝えておけ」

「……エドアール様、その手は通用しません。旦那様が宮廷にお知らせになったのです」

執事の言葉に息を呑み、「アンリ様が？」と唸る。

「……はい。アンリ様はあなた様とミレイユ様にどれほど恨まれても仕方がない――そうおっしゃっておりました……」

ミレイユは話が見えずに目を白黒させ、エドに続いて腰を上げ服の袖を引っ張った。

「ねえ、何があったの？　私にも教えて」

「……」

エドはミレイユを見下ろし、その手を手の平で包み込んだ。

「……ミレイユ、君にも知る権利がある。……ずっと黙っていて悪かった。僕の真実の名はエドアール。エドアール・オーギュスト。……前国王のロベールの嫡男……だった」

「えっ……」

前国王ロベールの名はミレイユも知っていた。

「温厚王」と呼ばれ他国を攻めず自国に攻め入らせず、領土拡張よりも内政の充実を図った。その唯一の嫡男にして王太子エドアールは、王妃とともに簒奪者の王弟ハロルドに殺害され、その遺体は完全な灰になるまで焼かれたと聞いている。

「う、そ。だって……だって、王太子殿下は亡くなったって……」

「アンリ様が庇ってくれたんだ。遺体は僕によく似た殺された近衛兵を身代わりにしてくれた。ミレイユ、どうか聞いてくれ」

……。

エドが説明する前に複数の足音がし、漆黒のつばの広い帽子を被り、金糸の刺繍入りの緋色の上着とズボンを身に纏った、五、六人の若い男が現れた。皆腰にサーベルを差している。

男性らはエドの姿を認めると、一斉にその場に片膝をついた。

「エドアール殿下、お迎えに参りました。すぐに王都にお戻りください。先日陛下が……いいえ、簒奪者ハロルドが暗殺されました。宮廷に集う有力貴族らは全員一致で、ハロルドを国王とは認めず、記録にも残さないと決定しております」

ハロルドが死んだとの情報と簒奪者という表現に、吸い込まれそうな瑠璃色の双眸がわずかに見開かれる。それでも、エドの口調はまだ落ち着いていた。

「……お前たちと話す気はない」

男の一人が顔を上げ「どうぞ、お聞きください」と訴える。

「現在、エルスタルは君主が不在となっております。このままではハロルドがそうしたように、他国の侵略の対象となるでしょう」

「君主が不在……？　後継者なら分家にいくらでもいるだろう。僕でなければならない理由はない」

「いいえ。直系にして、若く、美しい王太子殿下――宮廷を取りまとめられ、エルスタルの未来を託せるのは、もはやあなた様しかおりません」

「そうだとして、僕がその王太子だとどう証明できる？　王太子は七年前に死んだと公式に発表されているのだぞ。アンリ様がとち狂って多少似ている僕を、王太子に仕立て上げようとしたのかもしれない」

男は「二つ、あなた様がエドアール殿下と証明する方法がございます」と呟いた。

「まず、エドアール殿下であれば、前国王ロベール陛下より、王太子の宝剣を賜っているはず。……ハロルド様は血眼になってあの剣を探しておりました」

ミレイユははっとして隣のエドを見上げた。

(宝剣って……エドがいつも持っているあの剣？)

大粒のダイヤモンドが嵌め込まれていたので、ミレイユもよく覚えていた。

「そして、もう一つは……」

男はぎらりと目を光らせると、懐から鋭く光る何かを取り出した。

ミレイユが叫んだ次の瞬間、短刀がエドの胸に向かって放たれる。

「エド、危ない！」

エドは電光石火で腰から剣を引き抜き、すんでのところで刃で短刀を防いだ。刃が春の陽の光に不吉に光った。ただし、心臓のある左にではなく右にだ。

男は胸に手を当て、「お見事です」と頭を垂れた。

「エドアール殿下は黒髪と瑠璃色の瞳…そして、心臓が右にあるだけではなく、内臓の位置がすべて我々と反対となっていると聞いております。だからこそ、急所を貫かれても生き延びた……この件はハロルド様もご存じなかったようですね」

「……っ」

「私は試すためであれ、御身を傷付けようとした。許されることではありません。どのような罰も賜ります。死でも構いません」

「……なぜお前はそこまでする」

「国のためです」と男は迷いなく答えた。

「殿下、エルスタルが君主不在であるばかりに、他国からの侵略を受ければ、ただで済まないのは王都だけではございません。ミュラの葡萄畑も敵国の騎士の馬に踏み荒らされることとなりましょう」

ミレイユはエドの剣を握っていない、左拳が握り締められるのを目にし、不安に駆られてエドに縋り付いた。

「エド、この人たちは何を言っているの？」

だが、エドは答えてくれない。今度は自分から男に問い掛ける。

「僕が王位に就けば混乱は収まるのか？」

「ある程度は。そこから先は殿下の手腕にも掛かっているでしょう」

エドはしばし黙り込んでいたが、「……承知した」と呟いた。

「王都に戻る」

誇り高く威厳に満ち溢れたその声は、ミレイユの知るエドのものではなかった。優しさも甘さも欠片もなく、ひれ伏さずにいられないような――

エドは剣を鞘に収め頭を再び垂れた男を見据えた。

「出発は急ぐのか」

「はい、できれば」

「なら、明朝に出発だ。それまでに王都と宮廷の現状をあますところなく教えろ」

「はっ！」

一人取り残されたミレイユは二人の遣り取りを呆然と眺めるしかなかった。

——その夜ミレイユはベッドに横になっても一睡もできなかった。

エドはまだ使者と話し合っているのだろう。ミレイユも目に入っていないように思えた。

（どうして？　どうしてこんなことになったの？）

やりきれない思いに枕を抱き締める。

大好きなエドと結婚し、ミュラでずっと幸せに暮らすはずだったのに、エドの正体は王太子エドアールで、明日王都に戻るのだという。

（私たちはこれからどうなってしまうの？　私はこれからどうすればいいの？）

ミレイユはなんとしてもエドと離れ離れになりたくはなかった。

（そうだわ。私もついていけばいいんだわ）

ミレイユはエドが、エドアールが王子でも乞食でも構わなかった。彼が彼でさえあればそれでよく、ただそばにいられればよかったのだ。

（お父様に頼んでみよう。私も王都に行きたいって……）

エドは明日出発するのでのんびりしてはいられない。午後九時の今ならアンリも起きているかもしれない。善は急げとむくりと起き上がり、扉を威勢良く開けたところで、心臓が止まりそうになった。エドアールが立っていたからだ。

扉を叩こうとしていたのか、握り締め振り上げた拳が宙に浮いている。

「え、エド？」

「ミレイユ、起きていたのか。よかった……。どうしても最後に話したくて」

最後という言葉に不吉な予感を覚える。

「……いいわ。入って」

ミレイユはベッドの縁に座り、エドアールもその隣に腰を下ろした。

今夜は薄雲が半月を覆っており、月光もほとんどない。枕元のランプだけでしか、エドアールの表情を確認できなかった。

「エド……本当に王子様だったのね」

「ああ、そうだ。六年前殺されそうになって、実際死にかけていたんだけど、アンリ様に助けられて、匿われて一年間辺境で療養させてもらったんだ」

右胸には剣で貫かれた傷跡があるのだそうだ。

「エド、そんなに大変な怪我をしたの……。ハロルド様にやられたの？」

「いや、叔父上ではなく、その部下だな。叔父上なら僕の首を取っていたと思う。確実に命を奪ったと証明できるからね。……運がよかったんだろうな」

ミレイユは胸で怒りの炎が燃え上がるのを感じた。

（エドを傷付けたなんて許せないわ）

多少成長したものの、思ったことが顔に出るところは、まだ直っていなかったらしい。

エドアールは頰を膨らませるミレイユを見つめ、「怒ってくれているの？」と尋ねた。

「ハロルド様がまだ生きていてここにいたら、私がげんこつでおしおきをしてやるのに」

エドアールの唇の端が上がる。

「ミレイユは相変わらずだな。……でも、ありがとう。嬉しいよ」

それきり二人の狭間に沈黙が落ちる。それは、今夜の闇と同じ重さだった。

（このままじゃいけないわ）

ミレイユは「エド」と大好きな初恋の王子様の名を呼んだ。長いその腕を柔らかな胸に抱え込み訴える。ミレイユの胸に触れたのは初めてだったのか、エドアールはさすがにぎょっとしていた。

「お願い。私も王都に連れて行って！」

吸い込まれそうな瑠璃色の双眸が見開かれる。

「王都と宮廷はまだ混乱していて危険だ。僕は君を危ない目に遭わせたくはない」

「でも、でも……」

このままでは二度と会えなくなってしまう――そんな気がしてならなかった。

アクアマリンの瞳から大粒の涙が零れ落ちる。エドアールを思って流した涙はどこまでも澄んでいた。

エドアールはミレイユを宥めるように、絹の手触りを持つ頬を包み込んだ。

「不安にさせて済まない。だけど、すぐに必ず君を迎えに来る。僕の花嫁は君だけだ」

「わ、私だってエドだけよ……。エドとしか結婚したくないわ」

エドアールは泣きじゃくるミレイユの背を困ったように撫でていたが、ふと窓に目を向け「そうだ、今ここで結婚しよう」と提案した。

「……ここで結婚？」

「そうだ。ほら、見て」

エドアールが指で指し示した先の絨毯には十字架が浮かんでいた。

「わあ……」

エドアールと話しているうちに夜空の薄雲が風に流され、半月が露わになり光が窓に差し込んだのだ。窓には四つに区切った格子が掛けられていたのだが、その影が十字架のように見えていたのだった。

「指輪がなくてごめん。だけど、君を迎えに来る時に持ってくるから」

「……いいの。指輪なんて」

エドアールはミレイユの手を包み込んだ。吸い込まれるような瑠璃色の双眸に、アクアマリンの瞳が映る。今二人は互いだけを見つめていた。

「僕は君を生涯でたった一人の妻とし、健やかなる時も、病める時も、喜びの時も、悲しみの時も、富める時も、貧しい時も、君を愛し、敬い、慰め合い、ともに助け合い、この命ある限り真心を尽くすことを誓うよ」

「……私も誓うわ。一生エド一人だけで、元気な時も、病気の時も、嬉しい時も、悲しい時も、お金持ちの時も、貧乏な時も、エドを大好きで、尊敬していて、慰め合って、助け合って、死ぬまでずっと一緒だって」

月明かりが再び薄雲に隠れる。同時に、エドアールの唇がミレイユのそれに重なった。

心臓が跳ね上がり早鐘を打ち始める。

「ん……」

エドアールの唇は少し乾いていて冷たかった。

初めは触れ合うだけの口付けだった。エドが距離を取ったので、それで終わりかと思いきや、今度は背と後頭部に手を回され、瞼に、頬に愛おしげに口付けられ、耳元にこう囁かれた。

「ミレイユ、ごめん。僕のことは忘れて、他の男と幸せになってと言えればいいのに、僕は卑怯者（ひきょうもの）だからどうしてもできない。君を解放してやれない」

「そんな……私は他の男の人だなんて」

「いらない」と言い終える間もなく、再びわずかに開いた唇を奪われる。一瞬、食べられてしまうのではないかと錯覚した。

（唇が……体が熱い……）

きつく抱き締められ胸と胸が密着しているからか、ミレイユはエドアールの心臓の音を感じ取った。

エドアールの鼓動も同じだけ激しく脈打っている。そして、ひんやりとしていた唇は、いつしか燃え盛る炎にも似た熱を持っていた。

「ミレイユ、君だけだ」

口付けを繰り返され次第に熱で頭がぼんやりとなってくる。エドアールも同様に熱に浮かされていたのだろうが、それでもミレイユに思いを告げるのを止めようとはしなかった。

「君だけが好きだ。……必ず迎えに来る。約束するよ、ミレイユ」

「約束……」

澄んだ涙を湛えたアクアマリンの瞳が、真っ直ぐにエドアールに向けられる。

「エド……」

不安とエドアールの唇から移った熱に火を付けられ、衝動に駆られるますますっかり逞しくなったエドアールに縋り付いた。

「ねえ、お願い。この場で私をちゃんとエドの奥さんにして。神様の前で誓い合うだけじゃ足りないんでしょう？　交尾しなくちゃいけないんでしょう？」

初夜を迎えなければ正式な夫婦と認められない――なら、今ここでエドアールに純潔を捧げたかった。

エドアールは苦しげに唇を噛み締めた。

「ミレイユ、いけない。……僕だって君を抱きたい。だけど、今はきっと君を傷付けてしまう」

だが、ミレイユを振り解くことはできずにいる。

ミレイユは潤んだ目でエドを見上げた。

「エドになら何をされてもいいの。……それでも駄目？」

「……っ」

エドアールはミレイユを掻き抱き、ベッドに押し倒した。

「あっ……」

再び荒々しく口付けられ目を見開く。更に唇を強引に割り開かれ、ぬるりとした何かが入り込んできた時には、さすがに体がびくりと震えた。

（これ……何……）

歯茎の上下を丹念になぞられたかと思うと、ざらりとした表面の感触を確かめるように、柔らかな先でちろりと探られ身動(みじろ)ぎをしてしまう。

だが、手首をシーツに縫い止められ、その動きも封じられてしまった。

「んっ……」

舌を軽く噛まれ、唾液を舐(な)め取られる。重なった唇の狭間からはくちゅくちゅと聞くに堪えない湿った音と、ぬらぬら妖しく光る混じり合った唾液の一滴が漏れ出た。

「んんっ……！」

体の中で激しく鳴り響く心臓が、熱を血流に乗せて全身に送り出す。唇から溶けてしまいそうだった。

それでも、寝間着越しに胸に触れられ、そっと包み込まれた時には、我に返って目を見開いた。

（ど、して、胸、なんか……）

ミレイユは眠る際下着を着ける習慣がない。それゆえ、布の上からでもエドアールの手の大きさや温かさ、揉(も)み込(こ)む力の強さをありありと感じ取れた。

「んんっ……！」

広い手の平に頂を押し潰され、得体の知れない感覚に身を仰け反らせる。胸に甘い痺れが走ったからだ。

(知らない……こんなの、知らない……私が、私でなくなっちゃう……)

エドアールは唇を離した。だが、胸は弄んだままである。

「ミレイユ……感じてくれたのか？　嬉しいよ」

「……感じる？」

「触れられると気持ちがいいことだ」

指先で乳首をきゅっと捻られ、「ひゃんっ」と全身が撥ねる。

それもエドアールに押さえ付けられてしまい、体の内に走る痺れを逃せずに身悶えた。触れられていないもう一方の頂も切なく疼く。

「え、ど、エドっ……」

もっとしてほしいという思いと、先に進むのが恐ろしいという思いが、脳裏で激しく交錯し混乱する。

「だ、め……」

アクアマリンの瞳に涙が盛り上がった。

(だって、豚の交尾と全然違う……)

人の交わりがこれほど淫らだとは思わなかった。自分の何かが根本から変わってしまいそうだった。

「こ、わい」

ぽろりと頬に涙が零れ落ちる。

「エド、怖い。私、これからどうなっちゃうの……？」

官能に怯（おび）えるミレイユの声に反応し、吸い込まれそうな瑠璃色の瞳に灯（とも）った炎が、理性で一瞬にして消え失せた。

「ミレイユ……」

エドアールは体を起こし、指先でミレイユの涙を拭った。

「ごめん、ミレイユ。急ぎすぎた」

「わ、私こそ、ごめんなさい……自分から言ったのに……」

（エドに嫌われたらどうしよう）

また別の、先ほどよりよほど強い恐怖に駆られる。

「え、エド、わ、私……ごめんなさい。お願い……。嫌いにならないで……」

エドアールは苦笑しミレイユの体を抱き起こした。ベッド上に座らせ肩に手を置きこつんと額を当てる。

「こんなことで嫌いにならないよ。将来のお楽しみができたと思えばいい」

「わ、たし、勉強するわ」

ミレイユは赤くなった目を擦った。

「ちゃんと人間の交尾を勉強して、練習して、次エドに会うまでにできるようになっておくから」

「いや、練習はしなくていいよ」

焦った様子のエドアールに止められ、「どうして？」と首を傾げる。

「うん、いや……。いいかい。とにかく、他の男とこんなことをしてはいけないよ」

「わ、わかったわ。エド以外とは絶対にしない」

「約束だよ。そうだ、いつものおまじないをしようか」

「……！」

ミレイユは喜々として手を差し出した。

「指切りげんまんね！」

エドアールはミレイユの大好きな、あの唇の端を上げるだけの笑みを浮かべた。

大人となった二人の小指が絡み合う。

「必ず、必ず迎えに来てね」

——明朝、エドアールは予定通りに使者らとともにピエール城を発った。

ミレイユはエドアールが初めてミュラにやって来たその日と同じ、もっとも高い塔の上からその姿が葡萄畑の向こうに見えなくなるまで見送った。

エドアールは何度も馬上から振り返り手を振ってくれた。ミレイユも笑顔で手を振り返した。

（もう泣かないわ。だって、私はエドの奥さんだもの）

——ミレイユのもとには一ヶ月に一、二度エドアールから手紙が届く。

内容は今日は何を食べただの、何を見ただの、そうした他愛（たあい）ない内容が多かった。

胸を撫で下ろし、手紙を丁寧に折り畳んで、机の引き出しに仕舞う。

（よかった。エドは元気そうだわ）

もうエドアールからの手紙は二十通近く貯（た）まり、その間にミレイユは十八歳となっていた。

王都とミュラに離れ離れになって最初の一ヶ月は、七年ぶりの宮廷で戸惑っている様子が窺（うかが）えた。それから間もなく即位して多忙になったのか、手紙はそれから半年間途切れ途切れに届いている。

定期的に手紙を書ける環境にあるということは、ある程度混乱も落ち着いたと言うことなのだろう。

(もうすぐ迎えに来てくれるかもしれないわ)

ミレイユは期待に胸を膨らませた。

だが、いまだにエドアールが本物の王子様であったことも、即位して国王となったこともピンと来ない。

(エドが王様っていうことは、私はお妃様になるのかしら?)

「……」

それもやはりピンと来なかった。いくら叔母から時折手紙で王都の情報を知らされても、やはりかの地はミュラから遠すぎたのだ。

とにかく返事を書こうと、真新しい羊皮紙と羽ペン、インク壺を取り出す。

「エドへ

私も相変わらず元気です。それから、ワインが今年も美味しくできあがりました。手紙と一緒に贈るので感想をください」

そこまで書いたところで部屋の扉が激しく何度も叩かれたので、ぎょっとして羽ペンから手を離してしまい、その拍子にインクが羊皮紙に落ちた。

「元気です」の文字が塗り潰されてしまう。

「あっ」

声を上げるのと同時に、執事が息せき切って扉を開けた。

「お嬢様、大変です。旦那様の容態が……！」

「ええっ」

アンリは病に倒れて以来、悪化する、やや回復するを繰り返し、二年間小康状態を保っていた。近頃は体調のいい日には起き上がれることもあったので、ミレイユはこのまま回復してくれるのではないかと希望を抱いていた。

だが、神は残酷だった。まだミレイユの心の準備ができていなかったのに、アンリの魂を天に召そうとしたのである。

「お父様……！」

ミレイユはアンリの寝室に駆け付け、手を取って顔を覗き込んだ。

アンリの顔色は真っ青を通り越し土気色となっている。呼吸も脈拍も弱くなっているのがミレイユにも分かった。

そばに控えていた主治医がミレイユに声を掛ける。

「今日一日もてば良い方でしょう。先ほど教会に使いをやりました」

教会に使いをやった――つまり、神父を呼んでくるということだ。

神父は死を迎える信徒のために終油の秘蹟（ひせき）を行う。病人がまだ話のできる場合には、神父はその告解を聞き、犯した罪の許しを神に請い、得られるように取り計らう。

その後祈りの言葉を唱えながら頭に手を置き、更に額に聖なる油を塗り、聖餐を施して神の御許へ召される病人を祝福するのだ。

（そんな……お父様が死んでしまうの？）

ベッドの上に横たわってではあるが、つい昨日までお喋りをしていたのにと悲しくなる。

「お父様……お願い。死なないで」

ミレイユはアンリの手を握り締めた。

娘の手の温もりだと気付いたのだろうか。アンリがうっすらと瞼を開ける。琥珀色の瞳にはもう力がなかった。

「……ミレイユか？」

「ええ、そうよ。お父様。お見舞いに来たわ」

ミレイユは強がって天使の笑顔を浮かべたが、アンリはすでに死期を悟っているのだろう。「……済まなかったな」とぽつりと呟いた。

「済まないって、お父様は何も悪いことしていないじゃない」

「……お前たちを引き離してしまったからな」

アンリは大きく溜め息を吐いた。

「人生で迷ったのはあれが二度目だった。一度目はジャンヌがミレイユを産むと言い張った時か……」

ジャンヌとはミレイユの母の名である。

ミレイユに語ると言うよりは、自分の記憶を掘り起こし、懐かしんでいるかのような物言いだった。

「お父様……？」

「ミレイユは俺の宝物で……最高に幸福だった」

だが、エドアールとミレイユを引き離したのは、正解だったのだろうかと呟く。

「本当にあれでよかったんだろうか？　……エドアールは、エドは、ミュラでミレイユと暮らした方がよかったんじゃないか。だが、それではきっと後悔していただろう……」

「お父様」

ミレイユは堪らない気持ちになり、父の冷えた手を自分の頬に押し付けた。

「エドと私のことは心配しないで。ねえ、二人だけの秘密だったんだけど、お父様にだけ教えてあげる。私たち、エドがミュラを発つ前に結婚したの。ちゃんと神様の前で誓って、キスもしたのよ。だから、もう私はエドの奥さんなの」

結婚の言葉に我に返ったのか、アンリの琥珀色の双眸がわずかに見開かれる。

「エドはすぐに迎えに来るってちゃんと約束してくれたわ。エドは絶対に約束を守るってお父様は知っているでしょう？　だから、謝ることなんて全然ないわ。私たち、心は離れ離れになっていない」

「……そうか」

アンリの唇の端がわずかに上がった。

「お前たち、結婚したのか……」

「ええ、そうよ。たくさん子どもを作ろうとも約束しているの。お父様にも孫の面倒を見てもらわなくちゃ」

「そうか。孫か……。これは死んじゃいられないいな」

「でしょう?」

「……」

愛情に満ち溢れた微笑みだった。

「嬉しいなあ……」

そして、アンリは息を軽く吐いたかと思うと、すうっと吸ってその笑顔のままで亡くなった。

「……お父様?」

ミレイユは人の死を目の当たりにするのは初めてだった。だから、呼ばれた神父が寝室にやって来るまでは、アンリが息を引き取ったのだと、理解できずにただ戸惑っていた。

神父は「ああ、間に合いませんでしたか」と溜め息を吐いた。

「お嬢様、たった今アンリ様は天に召されました。終油の秘蹟を行いますので、下がっていただいてよろしいですか」

ミレイユはのろのろと体を起こし、神父がアンリに秘蹟を施すのを見守った。

(亡くなった……？　お父様が亡くなった……？)

つい先ほどまで笑っていたのに信じられなかった。

ミレイユの気持ちを置き去りにしたまま、アンリの葬儀はしめやかに執り行われていく。

アンリの遺体は従僕らの手で石棺に入れられ、白百合で飾り付けられた馬車で教会へと運ばれ、その前後を修道士と聖職者が挟んだ。

葬列は領主の死を悲しむ大勢の領民に見送られた。アンリが慕われていた証だった。

棺が代々のクレーヴ家当主の眠る教会の墓地に埋葬され、葬儀が終わる頃にはようやくミレイユもアンリの死を実感した。

あの力強い手で抱き上げてくれることは二度とない――そう思うと目の奥から熱い涙が込み上げてきた。胸が押し潰されてしまいそうに悲しかった。

「うっ……」

喪服姿のままベッドに上半身を預け、涙の滲(にじ)むシーツを両手で握り締める。

「エド……エド……」

一番そばにいてほしいエドアールがおらず、もっと悲しくなって嗚咽(おえつ)する。だが、悲しみのどん底からミレイユを現実に引き戻したのもエドアールだった。

（そうだわ。エドにもお父様が亡くなったって知らせないと……）

エドアールはアンリに命を救われ、匿われ、育てられ、慕っていた。

（エドだってお父様のお墓にお参りをしたいし、どんな風に亡くなったか知りたいと思うわ）

ミレイユはのろのろ机に歩み寄り、椅子を引いて腰を下ろした。羊皮紙を取り出しインク壺に羽ペンをつける。

（エド……一度でいいから会いに来て。エドに撫でてほしいの）

だが、ミレイユの切ない願いが叶うことはなかった。

手紙を送って一ヶ月が過ぎても、エドアールからは返事は来なかったのだ。その間に王都からフェリクスを含む叔父一家が、クレーヴ家を継ぐためミュラへやって来た。

叔母がピエール城に足を踏み入れての第一声は、「相変わらず廃墟みたいねえ」だった。

「ねえ、あなた、こんな所に住む気にはなれないわ。財政難でもないなら建て直しましょうよ」

「いや、代々のクレーヴ家の家訓で、ピエール城を取り壊すことはできないんだ。まあ、こちらは田舎の別荘だと思えばいいじゃないか。私たちは王都の別邸に住んで、葡萄畑の管理は人を雇って任せればいい」

「ええ、ぜひそうしてちょうだい。こんなところじゃいくら流行のドレスを仕立てても、見せびらかす人がいなくてなんにもならないもの」

ミレイユは叔父、叔母の言動に不安を覚えた。

（……この二人がミュラをちゃんと治めていけるのかしら？）

アンリは腕っ節が強い騎士だったが、同時に優れた領主でもあった。みずから葡萄畑やワインの醸造所を見回り、ワインの売買で得た利益を人材や設備に投資し、更なる利益を生み出していたのだ。

その利益を領民らにしっかりと還元し、余裕ある暮らしを約束していたのでとても慕われていた。

だが、この二人にはやる気がまったく感じられない。

従兄のフェリクスも同様だった。ミレイユが薔薇よりも百合よりも美しいと感じる、葡萄の緑色の花にもミュラにもなんの興味も示さない。それどころか、「つくづくなんにもないところだよな」と馬鹿にする。

ミレイユはこれにはさすがにカチンときて、「それはあなたの目が節穴だからよ」と言い返した。

「なんだと？」

「エドはミュラの葡萄畑は春も、夏も、秋も、冬も美しいって言ってくれたわ。そんな風にしか思えないなんて可哀想」

哀れまれてプライドを傷付けられたのだろうか。フェリクスは鼻息荒くミレイユに歩み寄り、「もう一度言ってみろよ」と挑発した。

「もうこの城の領主は僕の父なんだぞ。自分の立場を理解しているのか？」

フェリクスに脅されてもミレイユは痛くも痒くもない。だが、エドアールに言及した次の一言には傷付いた。

「それより前にエド、エドって、あいつは王都に仕官しに行ったんだろ。なら、もう帰って来るはずがないじゃないか」

エドアールの正体は亡くなったアンリとその腹心の執事、ミレイユ以外は知らない。宮廷からも他言するなと口止めされていたので、エドアールと会ったことのあるフェリクスには、エドは王都に仕官したと誤魔化していたのだ。

ミレイユはきっとフェリクスを睨み付けた。

「どうしてそんなことが言えるのよ」

「それは……」

フェリクスは何故か頬を染めつつ、「王都の方がいいに決まっているからさ」と答えた。

「お前は知らないだろうが、王都にはなんでもある。王宮も、劇場も、布地屋も、仕立屋も、宝石店も、武器屋も、人間も、世界中からありとあらゆる者が集まってくる。美女だっていくらだっている。ずっと会っていないお前なんか、あいつが覚えているはずがない。今頃どこぞの女とよろしくやっているさ」

「……っ」

言い返せずに唇を噛み締める。

もう三ヶ月も経っているのにエドアールから音沙汰がないからだ。

フェリクスは調子に乗って言葉を続けた。

「あんな顔だけの奴なんてやめておけよ。お前の良さをわかってやれるのは俺だけ――」

フェリクスはぎょっとしてそこで口を噤んだ。ミレイユのアクアマリンの瞳が、涙で一杯になっているのに気付いたからだろう。お転婆できかん気の強いミレイユが泣きそうなのを、フェリクスは初めて目にしたらしかった。

「な、なんだよ。泣くほどのことかよ」

「……あなたはエドのことを全然わかっていないわ。エドは……エドは約束を守る人だもの。迎えに来るって言ってくれたもの」

ぐっと嗚咽を堪えてフェリクスに背を向ける。

「お、おい。どこ行くんだよ」

「……着いてこないで。あなたなんか大嫌いよ」

ミレイユにきっと睨み付けられ、更に嫌いだと拒絶され、フェリクスはただ狼狽えていた。だが、プライドがあるのか決して謝ろうとはしなかった。「なんだよ、なんなんだよ、生意気な……」と気まずそうにその場に立ち尽くしていた。

その日一日ミレイユは自室に引き籠もり、枕がびっしょりするまで声を殺して泣いた。フェリクスに意地悪をされたからではない。エドアールを信じ切れない自分が嫌になったのだ。

(エド……どうして手紙をくれないの？　向こうで好きな女の人ができたの？)

ミレイユからはもう何通も手紙を送っていた。

(私はエドの奥さんなのに……)

叔父夫妻から居間へ呼び出されたのは、まだ気持ちの整理がついていない三日後のこと。ミレイユはそこでとんでもない要求をされた。

——フェリクスと結婚しろというのだ。

ミレイユは初め何を言われたのかがわからず、ぽかんとして向かいの長椅子に腰掛けた叔父のシャルルの顔を眺めた。

「叔父様、なんとおっしゃいましたか？　私と、フェリクスが、結婚？」

「ああ、そうだ。それがクレーヴ家にとって一番いいと思ってな」

シャルルも叔母のオレリーも上機嫌なのが不気味だった。

すでにエドアールと結婚している上に、フェリクスのことは大嫌いだったので冗談ではない。

「私とフェリクスは従兄ですよ？」

「従兄なら十分結婚できるだろう」

「そういう問題ではなくて……」

「ねえ、ミレイユ」

オレリーがねっとりとした、宥めるような声でミレイユに語り掛ける。

「あなた、もう十八歳になったんでしょう？　なのに、婚約者がいないのはよくないわ。このままだと行き遅れになってしまう。フェリクスはそんなあなたでもいいと言っているのよ」

「フェリクスが……？」

有り得ないと首を小さく横に振る。

「そんなはずがありません。フェリクスも私は嫌いでしょう。いつもそんな態度でしたから。だから、このお話はお断りします」

ミレイユ自身も無意識のうちに口にした、フェリクス「も」の言葉の意味に気付いたのだろう。オレリーは「男にはよくあることよ」とミレイユを説得に掛かった。

「気があるのに気がない振りをして、だけど関心を持ってほしいから、つい意地悪をしてしまうのよ」

「……」

わけがわからなかった。

（私は好きな人に意地悪をしたいなんて思わないわ。ちゃんと大好きって言って大切にするわ）

妻を援護するつもりなのか、シャルルが再び口を開く。

「フェリクスが君を気に入っているだけではない。君は前領主の娘ということで領民に信頼があるんだ。実は、今私たちは少々困った状況にあってね」

領民は兄の手伝いもせず、僧侶にも騎士にもならず、クレーヴ家の金で王都で遊び暮らしていた放蕩（ほうとう）息子のシャルル一家のことが気に入らないのだろう。それだけではなく、小作料の値上げをほのめかしたため、一部がすでに反発し、土地を離れようとしている動きがあるのだという。

「そんな……」

なんてことをしてくれたのだとさすがに青ざめる。

シャルルたちは何か勘違いしているが、領主はミュラの頂点に君臨し、思うがままに振る舞えるわけではない。むしろ領民らに支えられていると言っていい。

葡萄は多くの人手と手間暇のかかる作物だ。虫がつきやすく病気にもなりやすい。その葡萄の世話をするのは領民らだ。収穫の際にも葡萄の品質を落とさないため、一房一房丁寧に切り取らなければならない。

ミュラの豊かな暮らしを維持できるのは、彼らの力があってこそなのだ。

代々のミュラ伯はそうした事情を理解していたからこそ、領民とよい関係を築こうと努めてきた。

ミレイユはいつもアンリのそばにおり、ミュラを愛していたからこそそうした側面を知っていた。だが、叔父たちには理解できなかったのだろう。

「領民の代表が生意気にも書状を送ってきた。これまでの地代のままで、君が領地の運営に関わるよう約束しろとね」

ミレイユが他の男に嫁いでしまえば、クレーヴ家に留め置くことはできなくなる。だから、フェリクスと結婚させようとしているのだろう。

ミュラの領民を持ち出されると、ミレイユは簡単に断ることなどできなかった。とはいえ、フェリクスと結婚しますなどとはそう簡単に決断できない。

（だって、私はもうエドの奥さんなのに……）

ミレイユが黙り込んだのをシャルル・オレリー夫妻は都合よく解釈したらしい。

オレリーは「わかるわ。女は結婚に覚悟が必要よね」と頷いた。

「心の準備くらいさせてあげるわよ」

「……っ」

夫妻は何がなんでもフェリクスと結婚させたいらしいと悟り、ミレイユは「どうしよう」と心の中で唸った。

（私は一体どうしたらいいの……？）

その夜、一人で抱え込むことができずに、一縷の望みをかけて、エドアールへ詳細を記した手紙を送った。「相談したい」、「会いたい」とも書いた。

そして数週間後、なんとエドから三ヶ月ぶりに返事があった。

ミレイユは喜びのあまりベッドに飛び込んだ。一度手紙を胸に抱き締め、くしゃくしゃになった便箋を取り出し、胸を高鳴らせつつ文字を目で追う。間もなくその内容に愕然として目を瞬かせた。

手紙には読み慣れたエドの文字でこう書いてあった。

『ミレイユへ
ずっと手紙の返事を書けなくて済まなかった。
多忙なのもあったが、それ以外にも理由がある。君を傷付けるのが怖くて打ち明けられなかったが、黙って君の熱が冷めるのを待つのも不誠実だろう。

実は、王宮で一人の天使のような女性と出会い、彼女と愛し合うようになった。折を見て婚約し、来年中には結婚しようと思う。

君も名くらいは知っているだろうが、アンヌ・マリー・ドゥ・シャストネ公爵令嬢だ。

どうか僕の心変わりを許してほしい。君もいつか幸福になれるよう祈っている
エドアール』

シャストネ公爵家は前王朝からの名門だ。ミレイユも王都に暮らす叔母からその名を聞かされていた。

「嘘、嘘よ……」

ミレイユは呆然と便箋を見つめた。

(だって、エドは約束を破ったことはないのに)

また、一点だけ気になる点があった。筆跡も文章のくせもエドアールのものなのだが、最後の署名が「エドアール」だったからだ。エドアールはミレイユへの手紙にはいつも、「エド」と最後に記していた。

決別の意思を表現したのかもしれないとも思ったが、やはり受け入れられずに便箋を凝視する。

（……こんな手紙じゃ駄目。エドとちゃんと会って話したい）

エドアールが心変わりをしたのなら、その口から別れを告げてほしかった。

（じゃないと、諦められない）

ミレイユはのろのろとベッドから体を起こし、窓の外にアクアマリンの双眸を向けた。

「……そうよ。迎えに来てくれないのなら、私から行けばいいのよ」

第三章

――王宮では三ヶ月に一度は舞踏会が開催される。

国内の有力貴族のほぼすべてに招待状が送り届けられ、今年はクレーヴ家もその一員となっていた。ちなみに、シャルルもオレリーもフェリクスも、国王――すなわちエドアールに謁見するのは初めてらしい。

亡きハロルドが宮廷を牛耳っていた頃は、アンリが不興を買っていたのだろう。招待状は一通も届かなかったのだが、エドアールが即位すると状況は一変した。クレーヴ家だけではなく、反ハロルド派だった貴族すべてが、再び宮廷に出入りするようになっていたのだ。

ミレイユはシャルル一家が舞踏会に出席すると聞き、自分も連れて行ってくれと頼んだ。「私、ミュラから出たことがないの。一度でいいから王都と王宮を見てみたい」とも。

オレリーはミレイユのこの申し出も都合よく解釈したらしい。「まあ、結婚前に最後の思い出作りもいいわよね」と頷いた。

シャルルはフェリクスとミレイユの結婚が決まったと、社交界で宣伝して外堀を埋める絶好の機会だと捉えたらしい。こちらも快く舞踏会の同行を許してくれた。

ミュラから王都までは馬車で約十日。

王都はフェリクスが自慢していたとおりの、大きく華やかな、数多くの人々と建築物がぎっしりと詰まった街だった。なのに、綿密な都市計画がされているのか、窮屈には見えないのが不思議だ。教会を除く商店や集合住宅、民家の屋根の色が赤茶、壁は白に統一されているおかげもあるだろう。

そんな街並みの東側にある王宮は異彩を放っていた。ほとんどが白い石でできており、数キロメートル離れていてもそれとわかる。近付くにつれその規模の大きさに目が丸くなった。

壁の菱形(ひしがた)の意匠の彫り込まれた壮麗な王族の居住棟を中心に、敷地内には巨大なドーム型の屋根の議事堂と図書館、王都でもっとも高い尖塔(せんとう)のある礼拝所が設けられていた。それぞれ様式は違うが、建築材料が統一されており、まさに白亜の宮殿だ。

同じ城でもミュラのピエール城とは格が違っていた。

エドとの件がなければ「素敵なお城！」とはしゃげただろう。だが、ミレイユには馬車の中から見る王宮が、得体の知れない巨大な化け物のように見えた。

（エドはこんなところに住んでいるの？　……なんだか呑み込まれそう）

それでも、エドアールに会うためだと奮起する。

馬車は正門から入場し、衛兵らに迎えられたのち、招待状と引き換えにそれぞれの客間に通された。地方から出席する貴族らには、夫婦は一組につき一部屋与えられているのだそうだ。

ちなみに、シャルル・オレリー夫妻は宮廷に何をどう吹き込んだのか、なんとフェリクスとミレイユを同じ部屋にしていた。さすがに我慢できずに抗議をしたのだが、すでに他の客間は埋まっているからと、聞き入れてもらえずに頭を抱えた。

(フェリクスと一緒だなんて絶対に嫌)

こうなれば舞踏会ののち徹夜をするしかないと覚悟を決める。幸い、王宮では居間や庭園が一晩中開放されており、衛兵が見張りをしているので深夜も安全だと聞いていた。

その日の夕方、ミレイユは客間で王宮の侍女に手伝われ、とっておきのドレスに腕を通すことになった。

可愛らしい淡い桃色のドレスだ。最新式の流行で胸元と両袖、スカート部分の裾に、リボンやレースがあしらわれている。

一方、侍女たちは露わになったミレイユの乳房に圧倒されていた。

「み、ミレイユ様は小柄なのにお胸は大きいのですね。これは……コルセットをきつめにしなければならないかも……」

髪は下ろしてドレスと同色のリボンを絡める。髪結いに長けた侍女に是非にと勧められたのだ。

「こんな見事な黄金の巻き毛の令嬢は王都にもそうはいらっしゃいません。未婚の女性は下ろしても構わないのでそうしましょう」

（エドはお洒落をした私を見てどう思うかしら）

綺麗だと思ってくれるだろうか。もし、手紙の内容がエドアールの本心なのだとしたら、公爵令嬢アンヌとの婚約を考え直してくれないだろうか――そんな複雑な思いで支度を終え、退室する侍女らを見送って振り返ると、いつの間にか扉近くにフェリクスが佇んでいたのでぎょっとした。

「フェリクス⁉」

フェリクスはなぜか気まずそうに目を逸らした。

「……ふうん、なかなか見られるようになったじゃないか」

頬は心なしか赤く染まっている。

ミレイユは憤慨しフェリクスに食って掛かった。

「あなた、いつからそこにいたの。女の子が着替えているところを覗くだなんて最低よ」

田舎育ちでお転婆なミレイユでも、覗きはさすがに我慢ならなかった。

フェリクスはむっとしてミレイユを睨み付けた。

「お前は俺の婚約者だろう？　婚約者の着替えを見て何が悪い！」

「悪いに決まっているでしょう。だって、紳士のすることじゃないわ。それに、私はあなたの婚約者じゃない」

「もう決まったようなものじゃないか」

「嫌よ。私を好きでもない人と婚約だなんて。私だって意地悪なあなたなんて大嫌い」

「……っ」

フェリクスが悔しげに唇を噛み締める。

「お前は俺がお前を嫌っていると思っていたのか？」

「当たり前でしょう」

口を開けば嫌味か悪口、小突いたり、突いたり、どう考えてもそうだとしか思えなかった。

「ああ、そうかよ……。じゃあ、もうそれでいい。いくぞ」

手首を強引に掴まれぐいと引かれ、ミレイユは「何をするの」ときっとフェリクスを睨み付けた。

「何をってエスコートだよ。お前、一人で大広間に行くつもりか」

舞踏会では既婚者の女性ならば夫、未婚の女性ならば婚約者か親族、あるいは知人の男性にエスコートされるのが一般的だ。一人での入場は許されていないのだという。

「お前には俺しかいないだろう」

「……っ」

これが社交界デビューになるミレイユには、貴族の知人の男性などいない。エドアールに会うためにはやむを得ないと嫌悪感を呑み込んだ。

おとなしくなったミレイユに気を良くしたのだろうか。フェリクスが「さあ、行くぞ」とミレイユを連れて行く。

ミレイユは「エドと会うため、エドと会うため」とひたすら心の中で唱えた。

王宮の大広間はエルスタル王家の威光と権力、財力の象徴だと言われている。ミレイユは一歩足を踏み入れ、なぜそう称えられるのかを思い知った。

顔を上げると古代の神話の逸話を描いた、いくつものフレスコの天井画に逸話ごとに額縁のように金張りが施されている。ところどころに設置されたシャンデリアのガラス細工は、カットされ七色の光を放つので宝石にも見える。

東側の壁には日中は太陽光、夜には月光を取り込む大きな窓があり、残る三方には王家の歴史を描いた壮大な油絵物語が展開されている。

それ以上の圧巻は楽団の音楽に合わせて踊る、貴族の男性に貴婦人、貴公子や令嬢だった。皆贅(ぜい)と美を凝らした衣装に身を包んでいる。

特に女性のドレスは高貴な赤紫に、落ち着きのある紺色、春を思わせる若草色、生命力溢れるオレンジ色と、何羽もの蝶が舞っているように見えた。そして、揃いも揃って目が覚めるほど美しい。

（皆すごく綺麗……）

ミレイユは圧倒されてその場に立ち尽くした。

ただ美しいだけではない。立ち振る舞いや雰囲気が洗練されているのだ。

奮発したドレスが急に見窄らしいものに思え、ミレイユは恥ずかしくなって俯いた。

（アンヌ様もこんなに綺麗なのかしら？　それとも、もっとずっと……？）

ミレイユはのどかなミュラで生まれ育ち、絢爛豪華な宮廷文化も、客観的な自分の容姿の程度も知らずに育った。それゆえに周囲の貴婦人、令嬢よりも自分が注目され、噂されているとは気付かなかった。

（おい、ほら、あの桃色のドレスの令嬢、なんて可愛い方だろうな。どちらのご出身だ？）

（クレーヴ家だろう。ほら、ワインで有名なミュラの……）

（ということは、あのぼんくら息子とその婚約者か）

（あのぼんくら息子にあの令嬢はもったいないな）

ミレイユはエドアールの姿を探して辺りを見回した。

（落ち込んでいる場合じゃないわ。エドと話さないと……）

だが、大広間のどこを探してもエドの姿はない。

「ミレイユ、誰を探しているんだ？」

「うん、ちょっと……」

扉近くでわっと歓声が上がったのは、ちょうどワルツが一曲終わった直後のことだった。

何事かと目を向けて息を呑む。

大広間に足を踏み入れたエドアールが、栗色（くりいろ）の長い髪にエメラルドグリーンの瞳の、世にも美しい令嬢をエスコートしていたからだ。二人の周囲には大勢の取り巻きがいた。

エドアールは別れた時よりも更に背が伸びたように見えた。王族の礼装である金の飾緒のついた、漆黒の上着に純白のズボンがよく似合っている。

怜悧（れいり）な美貌は精悍さを増し、以前にはなかった近付きがたさがあった。

それが国王としての威厳だと気付いたのは、エドアールより遙かに年上の貴族らが、一斉に胸に手を当てて頭を垂れたからだ。エドアールが「息災だったか」と尋ねると恭しく、

「はっ、おかげさまで家族一同元気に過ごしております」と挨拶をした。

皆に傅（かしず）かれるエドアールにミレイユは戸惑う。エドアールが王太子であり、国王に即位したとは知っていたが、それまで実感が伴っていなかったのだ。

（エドは本当に王様になったんだわ）

彼が手の届かない人になってしまった気がして胸が痛んだ。

吸い込まれそうな瑠璃色の瞳は、出会ったばかりの頃よりも冷たく見えた。なのに、ミュラでも見られなかった愛想のいい笑みを浮かべている。

ミレイユはらしくもない笑顔に違和感を覚えた。

（エドが笑っている。でも、なんだか本当の笑顔に見えない……）

ミュラでいつも見ていた、唇の端を上げるだけの方が、よほど楽しそうに見えた。

エドアールにエスコートされた令嬢も、エドアールと似た笑顔を浮かべている。

黄金に近い黄色のドレスを身に纏った令嬢だった。大勢に注目されても堂々とした態度と、輝くばかりの美貌は同性のミレイユにすら眩しく映る。

（あの人は誰？　まさか……あれがアンヌ様？）

一方、フェリクスはエドアールを凝視していた。

「あいつ……いや、まさか……」

エドアールは大勢の招待客に取り囲まれており、近付こうとしても人の壁に遮られてしまう。多少みっともないがお転婆だった経験を生かし、間をすり抜けるしかないかと考えていると、同じく何度も壁に弾かれ、一人溜め息を吐いている老人に気が付いた。

身なりは貴族のものだがすっかり老いさらばえて存在感がない。髪は真っ白で年のせいで筋肉が落ち痩せ細っている。周囲も老人などいない者のように扱っていた。

相変わらずエドを見つめているフェリクスの肩を叩く。

「ねえ、フェリクス」

反応がまったくないので仕方なくその場から離れ、先ほどの老人を放っておけずに声を掛けた。

「お爺さん、大丈夫ですか？　お連れの方は？」

従者かパートナーはいないのかと辺りを見回す。

「ああ、ちょっとはぐれてしまってね。探す前に陛下にご挨拶をと思ったんだが……」

「そうだったんですか。私も陛下とお話がしたいんですよ。だから、どうか任せてください。ちょっと腰を屈めていただけますか」

ミレイユは老人の手を取り、器用に人混みの狭間をすり抜けていった。

「お嬢さん、やるねえ。どこの出身だい？」

感心されてえっへんと胸を張る。人一倍豊かな乳房がぷるんと揺れた。コルセットで締め付けたはずだったのだが、その大きさはまったく隠せていなかった。

「ワインで有名なミュラです。葡萄畑でかくれんぼも駆けっこもなんでもしたんですよ」

老人は楽しそうにふぉっふぉっふぉっと笑った。

「ああ、道理で。ミュラはいいところだね。一度行ったことがあるよ」

「そうでしょう、そうでしょう。あっ、もうすぐ陛下にお会いできますよ」

エドアールはでっぷり太った中年の貴族の男性と話していたが、滅多にないミレイユの見事な金髪が視界の端に入ったのだろう。吸い込まれそうな瑠璃色の双眸を見開いた。

「……ミレイユ？」

続いて老人に目を向けはっとし、すぐさま声を掛けた。

「ショーヴラン卿、お久しぶりです」

ショーヴラン卿の名を聞き周囲がざわつく。

老人――ショーヴラン卿はまたもやふぉっふぉっふぉっと笑った。

「お招きに預かり光栄です。もう引退するつもりだったのですが、外孫の孫娘に格好いいところを見せたいと、復帰する気になりまして」

「それはありがたい。現在、教育係が不足している。ぜひ若手外交官を指導していただきたい」

（えっ、このお爺さんは偉い人なの？）

戸惑うミレイユの耳に招待客らのひそひそ声が入った。

（ショーヴラン卿だぞ。噂は本当だったのか）

（陛下は外交を改革しようとしていると聞いていたが……）

彼らの話によるとショーヴラン卿はロベール王の時代、外交官として名を鳴らした人物らしい。悪化したアイント王国とその同盟国との関係回復のために、ショーヴラン卿に協力を要請したらしかった。

ショーヴラン卿は「このお嬢さんに助けてもらいまして」とミレイユの肩を叩いた。

「どうやら陛下とお話したいことがあるそうです。ミュラ伯クレーヴ家のご令嬢、ミレイユ・ドゥ・クレーヴ嬢です」

大広間の招待客らの無数の目が一斉にミレイユに注がれる。

「えっ……」

その中に一際強い視線を感じ、ミレイユはその方向を向いてはっとした。

――アンヌだった。

一瞬、睨み付けられているのかと思った。だが、アンヌは目が合うと、その敵意の籠もった眼差しを、瞬時に優美な微笑みへと変えた。

(き、気のせいだったのかしら？)

田舎でのびのびと育ったミレイユは、フェリクス以外の悪意にまだ慣れていなかった。

アンヌが「お話は聞いておりますわ」と朗らかに笑う。

「クレーヴ家の現当主、シャルル様の嫡男フェリクス様の婚約者のミレイユ様でしょう？」

「……っ」

公衆の面前でフェリクスの婚約者だと明かされ、ミレイユはその場に立ち尽くした。

（どうしてアンヌ様がそんなことを知っているの？）

驚きのあまり否定も肯定もできなかった。

「まあ、照れているのね。可愛いわ」

その間に、ミレイユを探して無理矢理人混みを掻き分けて来たのだろうか。シャルル・オレリー夫妻が周囲の顰蹙（ひんしゅく）を買いつつ息を荒げて現れた。

「ミレイユ、どうしてフェリクスと離れて……って、あらっ。陛下⁉　アンヌ様⁉」

慌てて身なりを整えて頭を下げる。アンヌはオレリーに目を向けた。

「ミュラ伯夫妻ですか？　ご子息のフェリクス様がそちらのミレイユ様と婚約されたそうですね。おめでとうございます」

名門シャストネ家の令嬢に気に入られたかったのだろう。オレリーが上ずった口調で「ありがとうございます」と頭を下げる。

「もうじき陛下のお父上にして前国王、ロベール陛下の追悼ミサが近いので、まだ婚約届は受理されていないのですが、もう決まったようなものですね」

「まあ、ではもう実質的には婚約者ではないですか」

アンヌは軽やかに笑いエドアールに声を掛けた。

「陛下、お祝いの言葉を差し上げてはいかがでしょうか？」

その間、エドはミレイユを凝視していたが、アンヌの言葉に我にかえって、「ああ、そうだな」と頷いた。

「ミレイユ・ドゥ・クレーヴ嬢と言ったか。婚約したそうだがめでたいことだ」

「……っ」

吸い込まれそうな瑠璃色の瞳には、なんの感情の色も浮かんでいなかった。口調も事務的で衝撃を受ける。

奈落の底に落ちた気がした。

（エドは……エドは私がフェリクスと結婚してもいいの？）

やはり手紙の通りにアンヌに心変わりをし、自分をフェリクスに押し付けることができ、胸を撫で下ろしているのかと息を呑む。

（だから、返事をくれる気がなくなったの……？）

招待客らは口々に「おめでとう」とミレイユに声を掛けた。

「フェリクス様はこんなに可愛らしい花嫁を迎えられて幸せね」

ミレイユは覚えたばかりの愛想笑いをするので精一杯だった。

（これじゃ、その通りだって言ったようなものなのに）

やがて、やはりヨレヨレになりつつフェリクスも人混みの中から現れ、周囲の会話の内容から状況を把握したのか、得意げにミレイユの隣に立つ。

「まあ、お似合いですね」

アンヌにそう冷やかされても、ミレイユはミュラでのように反論ができなかった。

ミレイユの気持ちを置き去りにして、舞踏会はつつがなく進んで行った。

アンヌの紹介で一躍注目されたミレイユは、様々な貴族から声を掛けられた。

「前ミュラ伯の令嬢がこれほど可愛らしいとは存じませんでした」

「……ありがとうございます。お世辞でも嬉しいです」

ミレイユとしては本心だった。アンヌだけではなくどの令嬢も洗練されている。生まれて初めて田舎っぽい自分に羞恥心を覚えたのだ。

だが、招待客たちには社交界にデビューしたての令嬢の、初々しいはにかみと謙遜と映ったらしい。「フェリクス様の婚約者でなければ、私の息子に嫁いできてほしかったものだ」と好評だった。

一通りの社交辞令を終え、貴族らが立ち去ると、ミレイユは一人黙り込んだ。大広間には大勢の人々がいるはずなのに、独りぼっちになった気がした。

「おい、ミレイユ、どうしたんだよ」

フェリクスに声を掛けられても「なんでもない……」と答えるのが精一杯だった。

「私、ちょっと疲れたから休んでくるわね」

いたたまれずに適当に言い訳をして退室しようとしたのだが、途中「ミレイユ嬢」と声を掛けられ立ち止まる。

「はい、なんでしょう?」

振り返るとエドアールの取り巻きの一人が立っていた。優しげな女顔の貴公子だった。アンヌと同じ栗色の髪にエメラルドグリーンの瞳、なんとなく顔立ちが似た男性だったので覚えていたのだ。

「私はポール・ドゥ・マレル。マレル伯爵の三男に当たる」

「あっ……」

マレル伯爵家はアンヌの生家シャストネ家の縁戚にあたる。爵位こそクレーヴ家と同じ伯爵だが、シャストネ家の威光で格上だと見なされており、ミュラの田舎貴族など及ぶべくもなかった。

慌ててドレスを摘まんで頭を下げる。

「申し訳ございません。ご挨拶が遅れました」

だが、ポールはニコリともしなかった。

「いいや、そうした立ち振る舞いは期待していないから問題ない。だが、貴族たちにはうまく取り入ったようだな。さすが陛下を誑し込んだ毒婦と言ったところか」

「えっ……」

思わず目を瞬かせる。

ポールの口調は淡々としていたが、確かに悪意が込められていた。

「私は陛下の側近を務めさせていただいている。ありがたいことに信頼していただいており、即位前の君との関係も聞かせていただいている。その上で君への伝言を預かることになった」

「伝言……？」

「もう知っているはずだけどね。別れを告げたはずなのに、君が付き纏ってきてしつこいとお困りだ」

「……っ」

「フェリクス殿と婚約したと聞いたから、今回の舞踏会の直前の飛び込み参加の申し出も、クレーヴ家の体面を慮って認めたんだ。なのに……」

ポールのエメラルドグリーンの瞳は冷ややかで、あからさまにミレイユを軽蔑していた。

そんな目で見られるのは初めてだったので、さすがに傷付いて目を足元に落とす。

「私は付き纏っているつもりなんて……」

ただ、別れるなら別れるでエドアールの口からはっきり言ってほしかったのだ。それでどれだけ辛くともきっぱりと諦めるつもりだった。エドアールを困らせたくもなかったからだ。

（しつこいと思われていたなんて……）

ポールが落ち込むミレイユに追い打ちを掛ける。

「陛下は田舎娘に関わっている暇はない。ただでさえ多忙なお方なのだとは、君も今回の舞踏会で理解できただろう。とはいえ、陛下は君を哀れにも思っていらっしゃる。ミレイユ嬢、何がほしいんだ？」

「……？」

言葉の意味が理解できなかった。

「何がって……」

「クレーヴ家の陞爵か？　それとも領地か、あるいは金貨か宝石か……。フェリクス殿で満足できないようなら、内密に愛人を用意しようともおっしゃっていた」

「……っ」

つまり、いわゆる手切れ金なのだと察し拳を握り締めた。

（エドは……エドは私がそんなものをほしがると思っていたの？）

自分はそばにいてくれさえすればそれでいいのだと、エドアールは知っているはずだったのにと悲しくなる。

（私がそんな風に変わってしまったと思っていたの？　……それとも変わってしまったのはエドの方？）

胸中に様々な思いが渦巻く。

「……何もいりません」

やっとの思いでそう答えた。エドアールとの心温まる記憶まで、賄賂で汚(けが)されたくはなかったのだ。

だが、ポールは承知しなかった。

「……君は愚かな女だな。無欲を装うよりも受け取った方が賢い。それだけではない。君が受け取らないことで、陛下はまた頭を痛めることになる。君はまだ付き纏い、アンヌ様との結婚を邪魔するつもりか、あるいは用意できる以上のものをほしがるのかとね」

「そんな……！」

何もいらないという言葉すら文字通りの意味に受け取ってもらえず、エドアールを悩ませてしまう残酷な現状に衝撃を受ける。

「私は……」

「選べないというのなら私が見繕っておこう。何、安心してくれ。フェリクス殿には何も言わないさ」

ポールは最後まで無表情だった。身を翻しエドアールたちのもとに戻る。

ありとあらゆる気持ちを否定され、ミレイユは心の痛みを堪えるのに必死だった。

（……こんなところで泣いちゃダメよ）

密かに涙を拭ったところで、後ろから肩を軽く叩かれ振り返る。なぜか気まずそうな笑みを浮かべたフェリクスだった。それぞれの手に錫のワイングラスを持っている。

「お前、田舎者だと思っていたら、なかなかやるじゃないか。評判になっていたぞ」

「……そう。ありがとう」

「ほら、疲れただろ。これ、やるよ」

赤ワインを手渡されミレイユは首を振った。

「私、お酒はそんなに飲めないから……」

「これはそんなに強くない酒だぞ。というか、それでも前ミュラ伯の娘かよ。領地には葡萄畑と醸造所があるくせに」

どれだけ失意のどん底にいようと、故郷のミュラと父のアンリを馬鹿にされるのだけは、絶対に我慢がならなかった。グラスを受け取り口に含む。次の瞬間思わず「あっ……」と小さく叫んでいた。

「これ、ミュラの葡萄の味と香りだわ」

故郷の味にたちまち元気を取り戻す。

恐らく新酒なのだろう。渋みが少なくほどよい酸味で、軽めだが品のある味わいだった。ラズベリー、イチゴ、コケモモがほどよく混ぜ合わされたベリー系の香りだ。

「フェリクス、これ、選んで持ってきてくれたの？」

「あ、ああ。ちょうどミュラのワインもあるって聞いたから……」

「ありがとう。すごく美味しい……」

少しずつだがワインを飲み、最後の一口に首を傾げた。ワインの渋みとは違う、奇妙な雑味を感じたからだ。

だが、底に貯まった澱のせいで雑味が混じるのは珍しいことではない。大して気にせず大広間を巡回するワイン係の召使いにグラスを返した。

フェリクスを振り返り「ありがとう」と礼を述べる。

「貴方も優しいところがあるのね」

フェリクスはなぜかミレイユから目を逸らした。

「お前、俺をどんな奴だと思っていたんだよ」

「だって、意地悪な所しか知らなかったもの」

ミレイユは笑いながら足元に目を落とした。

(……エドがもう私と話すのも嫌だって言うなら、これ以上迷惑を掛けたくはないわ)

ふと招待客と談笑するエドに目を向ける。その隣にはやはりアンヌがいた。ぴったりと寄り添い離れる気配がない。

ズキリと胸が痛む。同時に、心臓が早鐘を打ち始めた。

「……?」

思わず左胸を押さえる。

(どうして急にドキドキしてきたの？)

慣れぬ場でワインを飲み、酔ったのだろうかと首を傾げる。更にまだ踊ってもいないのに、体が内側から火照りだした。

(体調がおかしいわ。風邪を引いたのかしら)

「フェリクス、ごめんなさい。私、ちょっと気分が悪くて……。外に出てくる」

「気分が悪いなら部屋で休んだらどうだ」

「……」

死んでも嫌だった。フェリクスと同じ部屋で寝ることになるからだ。

「ううん、すぐに治ると思うから」

夜風に当たろうと大広間をあとにする。

庭園へ向かいバラの植え込みを愛(め)でつつぐるりと歩き回ると、夜風に火照った体が冷やされ先ほどよりはマシになった。

(もう大丈夫ね。大広間に行こう……)

フェリクスと叔母夫妻に挨拶をして、疲れたので先に休むと伝え、もう一度庭園に戻って東屋(あずまや)のベンチの上で一晩過ごすつもりだった。

出入り口の一つを潜り大広間に続く階段を上る。ところが、踊り場に来たところで、思い掛けない人物に出くわした。

「……エド？」

エドアールだった。

なぜか思わず身を翻して逃げそうになる。ところが、階段を駆け下りようとしたミレイユの手を、エドアールが素早く摑んで引き戻した。

吸い込まれそうな瑠璃色の瞳がすぐそばにあった。

「ミレイユ……なぜ逃げようとする？」

エドアールはミレイユを見つめた。

――アクアマリン色の大きな目が見開かれ、泣きそうな顔になっている。

更になんとか距離を取ろうとしたのか、後ずさったのだが自分が摑んだ手がそれを許さなかった。

「陛下……どうか離してください」

「陛下だなんてなぜそんな他人行儀な呼び方なんだ」

二人きりになったというのにと悲しくなる。

「だって……」

ミレイユはそう答えたきり、やはり目を合わせようとしない。

「ミレイユ、聞きたいことがある。フェリクスとの婚約を、君自身は承知したのか？」

「それは……」

アクアマリンの瞳が揺らぐ。

（やはりそうだ）

ミレイユの意思ではないのだと確信する。

（フェリクスはミレイユに気があった）

それも、恐らく自分がミュラにやってくる前からだ。

舞踏会ではフェリクスの両親が乗り気に見えたが、フェリクス本人が押し進めたのではないか。

聞きたいことは他にもあった。なぜ手紙の返事をくれなかったのか。なぜ連絡もなしに舞踏会にはほぼ飛び入りで出席したのか。

おまけに、先ほど舞踏会の休憩中にポールに呼び出され、ミレイユが手切れ金を要求してきたと聞かされたのだ。

『会場でミレイユ様に呼び止められまして、長年お仕えしてきたお情けを賜りたい――陛下にそうお伝えしてくれと伝言を預かりました』

『これまでの礼だと？』

『はい。私が陛下の側近だと見込んで、よろしく頼むとおっしゃっておりました。陛下、差し出がましいようですが、愛妾(あいしょう)にするにしろ相手を選ばれた方が……。まあ、ある意味金で蹴りが付けられるのですから、あの方でよかったのかもしれませんね』

王侯貴族間で「お仕えする」とは愛人関係、「お情けを賜りたい」とは見返りの要求の暗喩である。見返りとは父や兄弟や夫の宮廷での出世や、借金の返済の肩代わりや贅沢(ぜいたく)な生活の保障、現金や換金できる宝石の場合もあった。

つまり、ミレイユが自分たちの関係と思い出を売り払おうとしたというのだ。

ポールには「そうか。考えておこう」と当たり障りなく答えたが、ミレイユがそんな真似をするはずがないと知っていた。

（ミレイユは金に興味がない。それに、僕と別れたいならそんな遠回しな真似はしない。ちゃんと自分で伝えようとするはずだ）

いずれにせよ、ミレイユと別れることも、彼女が他の男のものになることも考えられなかった。彼女はすでに自分の一部となっているのだ。その一部をもぎ取られてしまうなど、想像するだけで血を吐くように苦しかった。

（ミレイユ、僕は何があっても君を諦めたくない）

それ以前にミュラで過ごした日々で培った絆(きずな)を、彼女自身の気持ちを信じていた。

「ミレイユ」

名を呼ぶと何が恐ろしいのか、ミレイユの細い肩がびくりと震えた。

「君がフェリクスと婚約したのは何か理由があるんだろう？　どうか僕を信じて打ち明けてくれないか」

「……っ」

だが、ミレイユは固く目を閉じ、首を小さく横に振るばかりだった。それどころか、隙を突いて逃げ出そうとしたのだ。

「待ってくれ」

素早く手を伸ばし逃げ道を塞ぎ、壁に囲いを作ってミレイユを閉じ込める。

「え、エド、何を……」

「やっとエドと呼んでくれたな」

アクアマリンの瞳が戸惑いに揺れる。ミレイユは逃げたがっているとわかったが、引けるはずがなかった。

ようやく宮廷が落ち着いて準備が整ったのだ。ミレイユから返事が来さえすれば、すぐにでも迎えに行くつもりだった。

なのに、彼女からの音沙汰が途絶えただけではない。クレーヴ家からフェリクスが婚約したとの知らせがあったのだ。

――叔父にして簒奪者のハロルドが呆気なく殺され、国のため、王家のため、民のためだからと、後ろ髪を引かれる思いで王宮に戻ったのは一年ほど前のこと。

唯一残された直系の王族としての責任感だけではない。父が生涯をかけて支えたエルスタルが弱体化するのを見るに忍びなかった。それ以上に、エルスタル王家の血筋が途絶えたところを他国につけいられ、侵略されることになれば、ミュラも安全ではいられないからだ。ミレイユの愛する地を守りたかった。

ところが、七年も死んだことどとされ行方を眩ましていたのだ。臣下の一人に匿われていたと説明し、あるべき地位を取り戻したはいいものの、口さがない一部の貴族らからはこう噂された。

「あの男はまことにエドアール殿下なのか。どこの誰とも知れぬ卑しい者が王太子を騙っているだけではないか」と。

心臓が右にあるという特徴だけではなく、手にした代々の王太子に受け継がれる宝剣。前国王ロベールと同じ色の瞳と、絶世の美女と評判だった母によく似た顔立ち。更にエドアールを育てた乳母が健在だったので、彼女の証言もあり身元を保証されたが、それでも当時は不信感が蔓延っていた。やむを得ないとはいえやりにくかった。

おまけに、母の実家は小国の王家だったのだが、政治的な影響力はほとんどない。つまり、後ろ盾になりそうな味方がなかった。

地盤の弱い若干二十一歳の国王を、当初貴族らは皆侮り、軽い神輿（みこし）として扱おうとした。実権を握り、国政を意のままにしようと、エドアールに近付いてくる。

エドアールもまた腹に一物ある貴族らを受け入れた。まずは、足元を固めなければならなかったからだ。

ポールを側近としたのもその一環だった。ポールはシャストネ家の縁戚であり、シャストネ家は可能な限り一族の者を、宮廷に送り込もうと画策していたのだ。

ところが、まもなく貴族らは見下していたエドアールが、若くして人心掌握と政治に長けているのを知ることになる。

エドアールはまず貴族らにある程度の権限を与え、ハロルドによって傾いた財政を建て直させた。その後実績を出した者は留めおいたが、出さなかった者や人任せにした者は、実権のない名誉職を与えて宮廷から遠ざけたのだ。

また、実績のあった者に対しても権限以上の口出しはさせない。より優れた者があればすぐにでも同じ目に遭うのだとほのめかす。

結果、要職を得た貴族らは与えられた職務に力を尽くし、既得権益を守るのに汲々（きゅうきゅう）とし、他貴族の干渉を嫌うようになった。この策略は貴族らが派閥を作るのを防ぐことになり、エドアールの王権が強化されていったのである。一年が過ぎる頃にはエドアールを侮る者は消え失せていた。

こうして国王として名実ともに認められたはいいものの、エドアールの精神は徐々に荒んでいった。表で笑い、裏で企む宮廷にうんざりしたのだ。そんな宮廷に染まりゆく自分も好きになれなかった。

ミレイユのなんの作為もない笑顔が恋しかった。彼女との手紙の遣り取りだけが心の安らぎだった。

ミレイユから届く丸文字で綴られた手紙には、葡萄の出来やミュラの景色の変遷、ワインの醸造所に出掛けて手伝いをしただの、そんな他愛なく楽しい日常が綴られていた。

彼女が平和に暮らしていると知るだけで、国王に即位してよかったと思えた。天使のような笑顔をこれからも守り続けたいとも――

ところが、ある日なんの前触れもなく手紙が途絶えてしまったのだ。側近に密かに直接手紙を届けさせても同じだった。

病にかかって寝込んでいるのかと心配になり、調査させたのだがそんな気配もないのだという。

何があったのかと戸惑う中、アンリの訃報が届けられた。新クレーヴ家当主のフェリクスの父親シャルルから知らされたのだ。

フェリクスの両親は自分がアンリに匿われ、一時期ミュラで暮らしていたことは知らない。この件は極秘とされているのだ。

だから、アンリの死を伝えられたのは、すでに葬儀が終わってからのことだった。

(アンリ様が亡くなっただなんて……)

アンリは王太子として以前に、人として、男としての生き方を教えてくれた人だったのだ。そして、喪失感を覚えながらある疑念を抱いた。

(……なぜミレイユは教えてくれなかったんだ?)

ミレイユが手紙で連絡してくれれば、もっと早くにアンリの死を知ることができ、なんとか時間を作って彼女を慰めに飛んで行ったのにと唇を嚙み締めた。

ミレイユがフェリクスと婚約し、来年には式を挙げると知らされたのは、それからまもなくのことだ。

ミレイユとフェリクスの名を婚約届に見つけた際には目を疑った。

添え状には領民らに信頼のあるミレイユとの結婚で、今後ミュラはますます栄えることになると書かれていた。

エルスタルでは貴族の婚約と結婚は、国王の承認を通す必要がある。承認と言っても形式的なもので、いつもは流し読みの上にサインをするくらいなのだが、この時ばかりはそうは行かなかった。

だから、もうじき父王ロベールの命日なので、縁起が悪いからと理由を付けて期間を引き延ばしたのだ。

（どういうことなんだ……？）

混乱し、記憶のミレイユの天使の笑顔が歪んだ。

（ミレイユと僕は神の前で誓い合ったはずだ。彼女が裏切るだなんて有り得ない）

それに、ミレイユはきっぱりとした性格だ。自分の意に染まぬ結婚を承諾するとは思えなかった。

何か弱みを握られ断れないのかもしれない。一度会って確かめなければと焦っていた頃、フェリクスの母オレリーから連絡があった。

一家で招待されていた舞踏会に、フェリクスの婚約者のミレイユも同伴したいのだという。本人が是非にと希望したのだと。

（やはりミレイユは結婚を強制され、助けを求めているのかもしれない。なら、僕が救い出さなければ）

まだ婚約を承認していない今なら可能だった。

ところが、舞踏会開催直前に有り得ない事態になった。ミレイユとフェリクスの客間が同じになっていたのだ。

手配した事務に確認すると、分けて部屋を取ったはずなのにと青ざめていた。婚約者であろうと婚前に同衾はしたないとされているからだ。

(一体何者がこんな小細工をした?)

眉を顰めつつ客間を別々にするよう命じてから、その何者かは宮廷に出入りしており、事務手続きと文書改竄に長けているようだと目を光らせた。

――一方、追い詰められたミレイユは大きな目を瞬かせた。

「理由って……」

ぎゅっとバラの花弁と同じピンクの唇を噛み締める。

「陛下、安心して下さい。私は何もいりません。思い出だけで十分です」

(安心? 何を言っているんだ?)

「ミレイユ、目を逸らさないで。どうか僕を見てくれ」

ミレイユの顎をそっと摘まんで上向かせる。

「……っ」

潤んだアクアマリンの瞳に自身が映し出されている。その眼差しはミレイユへの思いで切なげに瞬いていた。

「陛下……お願いです。お離しください」

「駄目だ」

ミレイユを怖がらせたいわけではない。逃がしたくない一心だった。

「ミレイユ、君の本心を知りたい。フェリクスを愛しているのか？　だから、婚約を承諾したのか？　そうならそうと答えてほしいが、そうではないはずだと信じたい。だけど、もし君の意志ではないのなら――」

ふと、彼女がフェリクスを愛していると答えたとして、ミレイユの気持ちを慮り、身を引くのかとみずからに問い掛ける。

修道院で学んでいた頃、たとえ自分に気持ちが向けられなくとも、愛する者の幸福を願うことこそが、真の愛だと僧侶に説かれたことがある。

（なら、真の愛などどうでもいい）

エドアールは国王の仮面を脱ぎ捨て、荒々しくミレイユの唇を奪った。

「んんっ……」

（僕はミレイユがほしい。だから、どんな手段を使っても手に入れる）

ミレイユの唇は柔らかく、甘く、温かく、懐かしいミュラの葡萄の味がした。

強引に割り開いて唇を滑り込ませる。

直後に、違和感を覚えて眉を顰めた。

舌にピリリと刺激が走ったからだ。

エドアールは前国王ロベール夫妻の一粒種だったため、健康のために食事に気を遣われ、また当然のように毒味係がいた。

だが、万が一に備えて毒の味を覚えさせられてもいる。飲み込む前に気付いて吐き出せるからだ。

ミレイユの唇の味はかつて口にした毒の一種に似ていた。たちまち理性が戻り目まぐるしく推理する。

（あれは一体なんの毒だった？　それ以前になぜミレイユが毒を盛られた？）

ところが、もうすぐ答えが出そうなところで、ミレイユに思い切り胸を押された。とはいえ、所詮少女の力なので、少々驚いた程度だったのだが――

その間にミレイユは壁との隙間から抜け出し、ミュラで鍛えた身軽さと俊足で階段を駆け下りていった。

途中、ドレスを踏んづけて転びそうになったが、持ち前のバランス感覚でなんとか凌いだようで、そのまま振り返りもせずに姿を消した。

「ミレイユ！　待ってくれ！」

放っておくわけにはいかないのであとを追う。

ミレイユは玄関広間を駆け抜け、一目散に庭園へ逃げていった。

足の速さに感心しつつ、途中、あの奇妙な味の毒の正体を思い出す。

（……そうだ。あれは媚薬だ）

それも、媚薬の中でもかなり強力な。

毒の指導に当たった宮廷医に、美人局にはくれぐれも気を付けろ、媚薬を盛られることもあると注意されたのだ。同時に、その効果についても説明された。

（媚薬？　なぜミレイユが……）

いずれにせよ今すぐミレイユを連れ戻さなければならなかった。場合によっては彼女の身に危険が及ぶかもしれないからだ。

――ようやくエドアールを撒けたらしい。

ミレイユはくらくらする頭を叱咤しつつ、辺りを見回し休めるところを探した。

（……体がすごく熱い……目が霞む……）

肌がほのかなバラ色に染まり、胸の谷間には汗が滲んでいる。

（やっぱり風邪かしら？　でも、いつも喉が痛くなってからで、いきなり熱が出るとかはなかったような……）

バラの植え込みの向こうに東屋を見つけ、ふらふらと歩み寄り中のベンチに腰を下ろす。

東屋は鳥籠を模した造りで、格子には純白のつるバラが絡み付いている。頭上のランプの灯りに照らし出され、お伽噺のような幻想的な景色となっていたが、ミレイユにそれを愛でる余裕は残されていなかった。

背を壁に預け、ほうと熱された息を吐き出す。

(私、どうしちゃったの……？　なんだかすごくおかしな気分)

腹の奥がズキズキと疼き何かがほしくて堪らないのだ。だが、求めるものを自分で把握できない。

堪らずにみずからを抱き締める。

(……そう。こうして、ほしいの。抱き締めてもらって、触ってもらって……)

両手でそっと胸を包み込むと体がビクリと震えた。

(やだ、何これ……)

ミレイユは自分の肉体にさほど関心がなかった。人一倍大きな乳房などは揺れて面倒だったほどだ。

なのに、今はわずかに触れるだけで、肌にピリリと雷にも似た痺れが走る。

(なんだか、気持ちいい……)

胸だけでは足りずに耳たぶや、首筋や、腿や、さまざまなところに触れ、快感の在処(ありか)を探そうとする。その手が足の狭間に滑り込もうとしたその時、「ミレイユ」と何者かに名を呼ばれた。

「……探したぞ」

——フェリクスだった。

その頃には視界はうっすら乳白色に染まり、辛うじて見えるものの輪郭も曖昧になっていたのだが、聞いたことのある声だったので判断できた。

「……熱いのか？」

「うん、多分……」

熱でろくにものを考えられなくなっておりこくりと頷く。

「風邪引いちゃったのかしら……。ハーブティーを飲んでぐっすり寝ないと……」

「……ああ、そうだな。ベッドに横になった方がいい。俺が部屋へ連れて行ってやるよ」

フェリクスはミレイユを抱きかかえるようにして、なぜかキョロキョロしつつ王宮へと向かった。

「なあ、ミレイユ、聞こえるか」

「……うん、なぁに？」

息を吐き出す毎に喉が焼け焦げるようで、声を出すのが精一杯だった。

「お前も俺をずっと好きだったんだろう？　だけど、お前は素直じゃないから、嫌いだなんて口走ったんだろう？　なあ、そうなんだろう？　今なら許してやるからそう言えよ」

だが、こんな時でもミレイユは正直だった。どこを歩いているのかもわからぬまま答える。

「えっ……私、フェリクスなんてちっとも好きじゃないわ。さっきはちょっと見直したけどそれだけよ」

「なっ……」

「私はエドが好き。……エドじゃなきゃ嫌なの」

「……そうか。ああ、そうなのかよ」

扉が開けられ軋む音が聞こえる。何気なく顔を上げると、フェリクスの怒りの形相があった。

フェリクスはミレイユの手首を荒々しく摑んだ。

「だけどな、お前は俺のものになるってもう決まっているんだよ。……俺に従うしかないんだって思い知らせてやる」

「や、やめて……」

「来いよ！」

フェリクスの力は思いのほか強く、抵抗したのだが引きずり込まれそうになった。悲鳴を上げようにも喉に力が入らない。

「だ、誰か……エド……！」

愛しい人の名を呼んだ次の瞬間、「……待て」と地の底から響くような声がした。大理石の廊下を踏み締める音が聞こえる。

フェリクスが「陛下⁉」と驚きの声を上げた。

「なぜここに……」

「許しもなく口を開くな」

威厳に満ちた声がフェリクスの口を塞ぐ。

頭上から伸(の)し掛(か)かる威圧感にミレイユも息苦しさを覚えた。朦朧(もうろう)とした意識の中で必死に目を凝らす。

(この声はエド……？　助けに来てくれたの……？)

エドアールは言葉を続けた。

「王宮内では女性への暴行は禁止されている。相手が妻や婚約者、恋人であってもだ」

「……っ」

「ミレイユは止めてと言っただろう。それ以上の狼藉(ろうぜき)は許さん。クレーヴ家は騎士道すら忘れたのか」

フェリクスはパクパクと口を開けたが、エドアールに――国王に抵抗するなど思いも寄らないのか、がっくりと項垂(うなだ)れミレイユから手を離した。

一方、ミレイユは前触れもなく解放され、そのまま前方に倒れ込みそうになった。

「きゃっ……！」

寸前でエドアールに腰を掠われ胸に抱き寄せられる。

エドアールは「行こう」とミレイユの肩を抱いた。背後でフェリクスが「畜生」と唸り、続いて扉を叩き付けるように閉める音がした。

「エド……どうしたの……何があったの……？」

エドアールは昔のようによしよしと頭を撫でてくれた。

「……いいや、なんでもない。ミレイユはもう何も心配しなくていい。今別の部屋を用意させよう」

「別の部屋……？」

「ああ、そうだ」

立ち止まりミレイユの目を見下ろす。

「ミレイユ、君は媚薬を盛られたんだ」

媚薬に解毒剤はないものの、効果はいずれ消え後遺症もない。それまで部屋に当分閉じ籠もり、体の疼きに耐えるのだという。

「今夜は辛いだろうが我慢してくれ」

ミレイユは涙目で首を横に振った。

「無理ぃ……無理よ」

　腹の奥の疼きと熱が脊髄を伝って脳髄に至り、頭がドロドロに溶けて視界すら曖昧なのだ。

「エド、お願い。なんとかして……」

「ミレイユ……」

「息もできないの……」

　エドに何をしてほしいのか見当もつかない。ただ、エド以外は嫌なのだとはわかった。

「お願いよ、エド。熱くて、熱くて、堪らないの……」

　背に手が回され包み込むように深く抱き締められる。一年ぶりのエドの温もりだった。懐かしさと愛おしさのあまり縋り付く。

「ミレイユ、済まない……僕は卑怯者だ」

　なぜ謝るのかと問う前に、再び唇を奪われた。


　——媚薬で体がおかしくなっている。

　頭と体の芯が熱でドロドロに溶け、ろくにものを考えられない。

　熱は更に血の流れに乗って全身を駆け巡り、ミレイユの白磁の肌をほのかに染めた。豊かな胸の谷間には汗が滲んでいる。

アクアマリンの瞳はトロンとし、小さく潤いのあるぷっくりとした唇は、かすかに開いて真珠色の歯と薄紅色の舌が見え隠れしていた。

「エド、早く助けて……死んでしまいそう……」

ミレイユは助けを求めてエドアールに縋り付いた。幼馴染みであり、五年間をともに暮らした家族であり、初恋の相手でもあるその人に――

エドアールはミレイユを抱き締め、耳元に「大丈夫だ」と囁いた。

「僕がどうにかする」

ドレスの絹地越しの細い背と膝の裏に手を回し、軽々と抱き上げ庭園を横切る。ミレイユの体重など重さですらないといった力強さだった。

エドアールの――国王の寝室は南の棟の二階にあった。

日中は窓から常に陽が差し込んでおり、空を仲良く羽ばたく小鳥の番を見ることができるが、今は夜の帳(とばり)がおりひっそりとしている。

月は何を恥じらっているのか、雲の狭間に姿を隠していた。

枕元のランプの弱々しい灯りだけが、ミレイユの明るい金の巻き毛を照らし出している。

エドアールはミレイユをベッドの上に下ろした。ミレイユの手を取りそっと甲に口付ける。

「ここ、どこ……?」

「僕の寝室だ」

だが、ミレイユの視界は薄い霧がかかったようにぼやけており、どこに何があるのかもよく判断できない。なのに、自分に覆い被さって目を覗き込む、エドアールの端整な顔立ちと瑠璃色の瞳だけはわかった。

「エド、体が、熱い……」

大きな目から水晶を思わせる澄んだ涙が零れ落ちる。

ミレイユは熱さに耐えられずに、胸元のドレスのレースを引き千切ろうとしたが、その手をエドアールが摑んで止めた。

「大丈夫だ……」

低く掠れた囁きが耳を擽る。

「僕にすべて任せればいい」

（そうよ。エドになら、すべてを任せてもいい）

男性はこの世でたった一人、エドアールにしか触れられたくはなかった。

エドアールはミレイユを俯せにすると、背筋に沿って並んだドレスのボタンを一つ一つ外していった。

エドアールの指先がコルセット越しにミレイユの背筋に触れる。しっかりした生地越しだというのに、それだけでびくりと体が震えた。

媚薬とは体が火照り、解放されたい一心から男を求めるようになるだけではなく、感覚全体が敏感になるものらしい。

一体肌に直に触れられるとどうなってしまうのか——ミレイユがぼんやり考える間に、続いてコルセットの留め具のリボンがするりと解かれた。

「君がこんなにきつい下着を身に着けているなんて信じられないね。これでは木登りも駆けっこもできないだろうに」

「だって……エドに見てもらいたかったんだもの」

エドアールから「美しい」と言われたい——そのためだけに窮屈な下着も我慢した。

「……僕のためにかい？」

「そう、エドにしか見てほしくない……」

「嬉しいよ、ミレイユ。僕も君のこんな姿を、他の誰にも見せたくはない」

コルセットを丁寧に剝がされると、剝き出しになった背に、闇に冷やされひんやりした空気が触れた。

わずかだが熱が逃げて、ミレイユはほっと吐息を漏らす。だが、背に口付けられたことで、また肌が熱を持った。

「あっ……エドっ……」

「ミレイユ、君の肌は白磁のようだ。それとも、降ったばかりの踏み荒らされていない初雪か」

エドアールの唇が肩甲骨から首筋へと移動し、首筋から背筋へと降りていく。ミレイユは思わずシーツを摑んだ。

エドアールの唇はミレイユ以上に熱い。媚薬は飲んでいないはずなのに不思議だった。

「僕にとっての媚薬は君だ」

熱に浮かされたミレイユの耳には、エドアールの囁きは音楽のように聞こえた。

「ミレイユ、熱で溶けてしまうほど愛し合おう」

淡い桃色のドレスが純白のシーツに音もなく広がっている。

その上に生まれたままの姿で俯せに身を横たえたミレイユは、足を得て陸に打ち上げられたお伽噺の人魚に見えた。

だがお伽噺と違うところは、王子のエドアールが――今となっては国王だが――がミレイユの正体を知っており、抱こうとしているところだ。

エドアールはミレイユの肢体をくるりと反転させた。

小柄で華奢な体には似合わぬ、大きく実った豊かな乳房が、ふるふると揺れながら露わになる。熟れかけのサクランボにも似た頂は、すでにぷっくりと勃っていた。

「ミレイユ、綺麗だ」

エドアールが上着を脱ぎ捨て、シャツのボタンを外して伸し掛かる。

通常なら心臓がある左胸には、星形の傷跡がくっきりと残っていた。

エドアールは再びミレイユの手を取りそっと口付け、続いて白い指先をそっと口に含んだ。

ミレイユはぬるりとした感触に「あっ」と声を上げた。だが、エドアールはお構いなしにミレイユの指先を味わっている。

「汗を掻いていたからか、少々塩気がある」

「え、エド……」

エドアールの唇は一匹の生き物となって、ミレイユの肌を辿っていった。

指先から手の平へ、手の平から手首の内側へ。

陽のほとんど当たらない柔らかな肌は、より感覚が鋭くなっているのか、舌で舐め上げられるとぞくりと粟立った。

途中、きつく吸われて肩がびくりとする。肘の裏側の肌に赤い痕が刻み込まれていた。

「ミレイユ、これから僕は君に、君は僕のものだという証をつける」

「あ、証……?」

「ああ、そうだ」

言葉とともにエドアールはミレイユの首筋に顔を埋めた。

「あっ……」

「激しく脈打っているね」

「……っ」

肌を軽く吸われ、舐められる感覚に身悶えする。不思議なことに、首筋を刺激されると、感覚が連動しているのか、耳裏がピリピリとした。

だが、その刺激も口付けをされた時ほどではなかった。

「んっ……」

唇から伝わる熱がミレイユの口内に火をつける。

「んんっ……」

エドの口付けは執拗でありながらも丁寧だった。啄むように繰り返しつつ、時折動きを止めミレイユの唇の輪郭を舌でなぞる。

舌先のざらりとした感触に背筋がゾクゾクとし、気が付くと自然とミレイユの唇も開いていた。

その隙を見逃さずに、エドの舌が口内に滑り込む。

「んっ……」

喉から火照った息が漏れ出る。唇と唇の狭間で舌先が触れ合うと、火花が散ったようにビリリと稲妻が走った。

（気持ち、いい……）

霞がかった視界が更に白く染まる。

一方で、腹の奥には熱が溜まりつつあった。歯茎を舌先でなぞられるごとに、時には唇を滑らせ顎を吸われるごとに、再び唇を奪われ舌を絡め取られるごとに、凝った熱が降りてきて足の狭間を潤すのがわかる。

（あ、つい……）

先ほどまでは熱さは苦しみでしかなかったのに、今はエドの唇での愛撫によって快感に変わりつつあった。

唇から胸へと辿り着いた劣情に熱せられた唇が、ピンと立った頂を口に含む。

「あんっ」

歯を立てられるとあられもない声が唇から漏れ出た。

「ミレイユ、感じているようだね」

「感じる……？」

「そうだ。君の中にいる女が、男の私に反応しているんだ」

エドアールはミレイユの左の乳房を味わいながら、右側を強く、弱くと緩急をつけて揉み込んだ。

ミレイユは唇で赤ん坊のようにちゅっと音を立てて吸われ、ベッドの上で背を弓なりに仰け反らせた。

「あ、ああっ……」

かと思うともう一つの胸の頂を、指先できゅっと捻られる。背筋から首筋に掛けて雷が走り、足の狭間にある蜜口からじわりと淫らな液体が滲み出た。立っていれば膝から崩れ落ちていただろう――それほどの強い刺激だった。

媚薬でろくな思考もできないはずなのに、未知の感覚に一抹の怯えを覚える。同時に、もっと口付けされ、もっと触れられたい――そんな欲求もあるのが不思議だった。

「ミレイユ、もう濡れているかい？」

「ぬ、れ……？」

どこが何で濡れているのかがわからない。

エドは答えの代わりに、ミレイユの両膝に手を掛け、ぐっと押して足を割り開かせた。

「ひゃんっ」

ミレイユの秘められていた花園が露わになる。明るい金の和毛が申し訳程度に茂っていたが、帳ほどの役にも立っていなかった。

白い肌の奥にはぱっくりと石榴にも花弁にも似た割れ目があり、妖しく濡れてひくり、ひくりと蠢いてエドを誘っている。この奥にはもっと美味しい蜜があるのよと言わんばかりに――

だが、ミレイユはみずからの花園を自分では一度も見たことがなかった。それなのに、今はあの吸い込まれそうな瑠璃色の瞳に晒されているのだ。

熱に溶かされていた意識がわずかに戻る。

「や……エド……そんなに……見ないで……」

（恥ずかしい……）

ドレスの着付けをする前に入浴はしたが、ダンスで汗を掻いてしまっている。エドに見せていい部分ではなかった。

「可哀想に。まだ正気が残っていたのか。いっそ、狂ってしまった方がよかったのかもしれないな」

大きく開かれた脚の狭間に、ぬるりとした何かが這った。

「あ……あっ」

エドの舌なのだと気付き身を捩らせる。

「え、エド……どうして、そんなことっ……」

熱い舌がミレイユの大小の花弁の輪郭をなぞる。もっと敏感な箇所があるのにと、まだ開ききっていないミレイユの肉体が体の奥から訴え、蜜を滾々と分泌してエドアールの唇を濡らした。

蜜はエドアールの唾液と混じって、舌での花園の愛撫の動きを滑らかにした。

「ん……んんっ」

ミレイユの右足の爪先が引き攣ってピンと伸びる。

「ミレイユ、君の蜜はとても……とても甘い」

じゅくじゅくといやらしい音が足の狭間から聞こえる。

「あっ……だ、め……ああんっ」

媚薬の効果ではなく快感で目の前に火花が散り、一瞬真っ白になってミレイユの視界を塞いだ。

「え……ど……」

シーツを握り締めるばかりだった白い右手が力なく挙がる。

「なんだい、ミレイユ」

「そこ……じゃない」

もっと別の箇所を舌で弄(いじ)ってほしかった。

「ここかい？」

「……っ」

花心を唇で挟まれ一瞬息が止まる。舌先で嬲(なぶ)られ、吸われると全身が軽く痙攣(けいれん)した。

「あっ……ああっ……エド……エド……」

エドアールは貪欲にミレイユの花園を荒らした。

花心に続き蜜口に舌が滑り込んだ時には、異物感にびくりと体が引き攣った。

「あっ……い、やんっ……」

「何が嫌なんだい？」

「……っ」

何がと問われてもどう答えればいいのか、そもそも嫌というわけではない。むしろ、もっと大きくかたいものがほしかった。

だが、ろくに声を出せずに胸を上下させるしかない。

エドアールはミレイユの心境を知ってか知らずか、なおも舌でミレイユの花園を苛んだ。蜜口から続く隘路はひくり、ひくりと蠢いて、エドの舌をより奥に誘おうとする。

だが、エドは顔を上げると、長い指で唇の端を拭った。吸い込まれそうな瑠璃色の瞳には、恋情と劣情の炎が宿っていた。

「ミレイユ……」

その眼差しはミレイユの知るエドアールのものではなかった。肉食獣めいた獰猛さがあり、快感に浮かされる中でも、本能的にミレイユは恐れて身を捩らせた。

エドアールの美貌が再びミレイユの脚の間に埋められる。

「ミレイユ、怖いかい？」

「こ……わい？」

何が怖いのかがわからない。

「そうだね……。いきなりでは怖いだろうから、もう少し慣らした方が、きっと辛くないだろう」

蜜口を侵していた舌がするりと抜かれる。

「あっ……」

虚ろとなったそこに今度は舌よりももっとかたい、骨張った何かが差し入れられた。

「……っ」

舌にはなかった軽い圧迫感に、アクアマリンの目が見開かれる。

エドの長い指はミレイユの花弁を掻き分け、舌での愛撫で緩んだ内壁を押し開いた。

中でくいと第一関節を曲げられる。

「ああっ」

また火花がミレイユの曖昧な視界に飛んだ。

だが、これでは足りないとミレイユの中の女が訴える。

「え、ど……ほしい……」

「ほしいとは何がほしいんだい？」

何がと言われても肝心のその言葉を知らない。だから、ミレイユはこう続けるしかなかった。

「わ、からない……でも、ほしいの……」

「君がこんなに淫らになるなんて……」

エドがもう一本指を入れる。

「あんっ」

異物にまだ慣れぬはずなのに、ミレイユの体は容易(たやす)くそれを呑み込んだ。

「あっ……んんっ……ああんっ」

下腹部がズキズキと痛みのように疼く。だけど、その感覚を押さえ付けたいとは思えない。疼きは下腹部から背筋を辿り、ミレイユの脳髄へと達した。

「あっ……え、エド……は、はやく……」

自分が何を口走っているのかの自覚もないまま、両手を伸ばしてエドアールの首に縋り付こうとする。だが、エドはすっと身を引いたので、行き場をなくして宙で泳いだ。

「エド……？」

「ミレイユ、僕ももう限界だ」

エドアールはシャツを脱ぎ捨て、ズボンを下ろすと、すっかり緩んだミレイユのそこに、おのれの逸物(いちもつ)をあてがった。

「あっ……」

ぐちゅりと濡れる音を立てて蜜口が押し広げられる。

ミレイユは生まれて初めてのその感覚に大きな目を見開いた。

「あ、あ、ああっ……」

アクアマリンの瞳と同じ色の涙が浮かぶ。零れ落ちる寸前の涙をエドアールが顔を寄せて唇で吸い取った。

「ミレイユ、いくら媚薬を盛られていても、君には少し辛いかもしれない。だけど、優しくするから」

どうか耐えてくれ——そう言葉を言い終える前に、ぐっとエドアールの分身がミレイユの内部に押し入った。

「……っ」

異物感と圧迫感に身悶えし、弱々しく手を伸ばす。

今度はエドアールが気を遣ったのか、体を近付けてくれたので、ようやくすっかり広く逞しくなった肩と背に縋り付くことができた。

その間にもすりこぎにも似た熱いものが、ミレイユの隘路を少しずつ切り開いてく。エドアールは腰を押しては引き、かと思うと再びぐっと突き入れ、徐々に奥へ、奥へと進んでいった。

「……っ。きついな」

「あ、ああ……エド……エド……」

血流に乗って体中に回った本来の容量以上の媚薬が、異物感と圧迫感を更なる快感に変える。

「あっ……ああっ」

隘路の内壁を擦られた熱で体の中から溶けてしまう気がした。熱い息が喉の奥から繰り返し吐き出されエドアールの耳元を擽る。

エドアールはそんなミレイユに口付けを繰り返した。

「ミレイユ……可愛いよ……」

次の瞬間、エドアールの分身がミレイユの隘路を貫いた。

「やぁああんっ……」

下腹部から首筋に掛けて雷が落ちたような衝撃が走った。体が痙攣し右足の桜貝のような爪先がピクピクとする。

（お腹の中が……熱い）

熱はミレイユの体を内側から蕩けさせた。

「ミレイユ……」

吸い込まれそうな瑠璃色の瞳に、恋情と劣情の入り交じった炎が燃えている。

ミレイユは呼び掛けに答えられなかった。更に体を暴こうとするエドアールの動きに合わせ、ただ熱い吐息交じりの喘ぎ声を漏らすばかりだった。

「あ……あ……んっ」

奥を目指して突き上げられるたびに、豊かに実った二つの乳房がふるりと揺れる。ピンと尖った薄紅色の頂にはうっすら汗が滲んでいた。

ずるりと引き抜かれ、またずんと抉られ、そのたびに背筋にぞくぞくと震えが走る。なのに、体の奥は焼け焦げそうに熱かった。

「ミレイユ、君の中は、とても熱い……。呑み込まれてしまいそうだ」

「あ……あぁっ」

語彙をすべて失ったように言葉が思い浮かばない。人であることを忘れ獣になった気がした。

——身も心もひどくだるい。

飲まず食わず眠らず、二十四時間運動をし続けたような疲労感を覚える。

おまけに頭がズキズキ痛んだ。

「う……ん」

気力を振り絞って瞼を開ける。室内が真っ暗だったので、一瞬夜なのかと勘違いしたが、カーテンの狭間から差し込む弱々しい陽の光で、朝なのだと気付いて身を起こした。

「あいたたた……」

なぜか体中が軋んで痛い。特に足の狭間に違和感があった。辺りを見回して首を傾げる。

（……ここ、どこ？）

どう考えてもミュラのピエール城の寝室ではない。

ベッドは広々としており大人五人が寝ても余裕そうで、天蓋には金糸、銀糸で王家の紋章であるバラの刺繍が施されている。

ミレイユはそのど真ん中に横たわっていたのだが、ベッドの贅沢さを認識した途端に片隅ににじり寄った。

（ベッドが広すぎるわ！　落ち着かないわ！）

ベッドだけではない。見知らぬ寝室の調度品はどれも洗練されており、お伽噺に登場する王子様の暮らす、王宮の一室にしか見えなかった。

四方の壁には王家の紋章を意匠にしたタペストリーが掛けられている。恐らく、大勢の職人が何年もの歳月をかけて織り上げたのだろう。天井のシャンデリアはピエール城にある鉄製の無骨なものと違い、優雅な曲線を描いて、切り込みのあるガラス飾りが吊り下げられていた。

窓辺のテーブルや椅子はタペストリーと同じ柄で、室内に統一感と高級感をもたらしている。椅子一脚でワインの醸造所を一軒買い取れそうだった。

（ええっと、確か昨日、ワインを飲んで、それからフェリクスと庭園で会って……）

そこから先がよく思い出せない。

取り敢えず水でも飲もうと、ベッドから降りのろのろと部屋を横切った。途中、壁に等身大の金縁の鏡が掛けられていたので、あら、珍しいと何気なく目を向ける。

（わっ、すごい。こんなによく映る鏡は初めてだわ。きっと新技術を使ったガラス鏡ね）

ガラス鏡の製造には特殊な技術が必要で、大鏡となると時には宝石と同じくらい高価なものになる。量産化には至っておらず、材料も高価で手に入れるのも難しいからだ。ゆえに、王宮でも設置されているところは限られている。

ピエール城にも鏡はあったが、せいぜい手鏡サイズであり、それも旧技術の銀を磨いたものだったので、よく映るものはなかった。もっとも、ミレイユは自分の容姿にさほど興味がなく、化粧もほとんどしていなかったので、必要もなかったのだが。

（私ってこんな体していたんだわ。でも、どうして裸なのかしら？）

鏡には一糸纏わぬ瑞々しい少女の裸身が映し出されていた。

（あら？　この赤い痕って何？　いつ怪我をしたの？）

乳房だけではなく首筋や手首の裏、腿とあちらこちらに散っている。

（昨日は何をしたのかしら。ええっと……）

目を閉じてどうにか記憶をたぐり寄せてはっとした。脳裏にエドの掠れたような声の囁きが蘇る。すべてではないがいくつかの台詞を覚えていた。

『ミレイユ、君だけが好きだ』

「……！」

『君の肌は蜜と同じくらい甘い。いっそ食べてしまいたくなる』

「……っ」

『君が私のものだと皆に思い知らせてやろう』

「～～っ！」

（そ、そうだったわ。私、王宮の舞踏会に来て、媚薬を飲まされて、エドの部屋に連れて行かれて……）

裸に剝かれさんざん体を弄られたのだ。

頬を両手で押さえ悲鳴を堪える。頭から爪先までが熟したイチゴの色に一気に染まった。

（それからあんなことそんなことこんなこと……）

頭に霞が掛かっていたので詳細までは覚えていないが、体の隅々を暴かれたことは覚えていた。足の狭間の違和感が証明している。

（わ、私ったら……！）

もっとも恥ずかしかったのは、熱に浮かされ自分からエドを誘ったことだった。何も知らなかった昔、「人間の交尾を教えろ」と強請ったのが信じられない。

（だって、あんなにいやらしくて、き、気持ちいいなんて知らなかったし……。いっそ全部忘れていればよかったのに……！）

それにと足元に目を落とす。

（それに……こんなこと絶対によくないわ）

エドと別れて以来人間の交尾について少々勉強したのだが、結婚した夫婦間で行われるべきで、子どもを作るための行為だと書かれていた。

（でも、エドアールはアンヌ様と結婚するって……）

なのに、自分を抱いたのだと悲しくなる。エドアールがアンヌと結婚後、彼女にも同じ行為をするのかと思うと、胸が潰れるのかと思うほど苦しくもなった。

（私がアンヌ様だったらすごく嫌だわ）

ここにはいないアンヌに「ごめんなさい」と謝る。

（でも、もうエドとの邪魔はしませんから……）

何か着るものはないかと寝室内を探し回り、窓辺の椅子に掛けられた下着とドレスを発見する。

あらかじめ用意されていた部屋着なのだろう。ふんわりした生成りのシュミーズドレスで、舞踏会で身に纏ったドレスよりは動きやすそうだった。だが、服はあっても靴がない。仕方がなく裸足（はだし）で我慢することにした。

ミレイユはドレスを腕に通し、髪を軽くリボンでまとめると、そろりと扉を開けて廊下け出す。

の様子を探った。召使いが一人歩いてきたのをやり過ごし、足音を立てぬよう寝室から抜

また、招待客の貴族が通り掛かった際には、等間隔に置かれている飾り壺や鎧の陰に隠れて息を殺した。

気は進まなかったものの、ひとまずフェリクスとの相部屋に向かう。荷物が置かれていたからだ。そこで予備の靴を履いて、体調の悪化を理由に、一足先に帰るつもりだった。

本来は一週間王宮に滞在する予定だったのだが――

（そういえばフェリクスって、庭園から帰ったあと、一体どうしたのかしら？）

首を傾げつつ扉を叩く。

「フェリクス、起きている？」

返事はない。

今度は少々強めに叩いてみると、鍵を掛けていなかったのか、扉が内側に開いたのでぎょっとした。

「お邪魔します……」

フェリクスはまだ眠っているのか、ベッドのキルトが大きく盛り上がっている。起こさぬよう抜き足差し足忍び足で客間を横切った。

部屋の片隅に無事自分の荷物を見つけ胸を撫で下ろす。予備の靴に足を通し普段着のド

レスに着替え、さて、外に出ようとしたところでぎょっとした。ベッドの中からフェリクスのものではない、若い女の声が聞こえたからだ。

「うう〜ん……」

女が気だるげにキルトから抜け出し背伸びをする。ベッドに山はまだあるところからして、フェリクスはいまだに中で眠っているのだろう。

そして、その場で固まったミレイユと目が合った。

「え、ええっ⁉」

ミレイユは目を剝いて女を凝視した。何も身に纏っていなかったからだ。更に、女は昨夜舞踏会に出席していた某子爵家の令嬢だった。

女もぽかんと口を開けてミレイユを見つめている。先に我に返ったのはミレイユだった。

「ええっと、あの、その……失礼しますっ！」

脱兎(だっと)のごとく客間から飛び出る。脳内が起きがけと同じくらい混乱していた。

(ど、どうしてあんなところに裸の女の人がいたの？　どうしてフェリクスと一緒にいたの？)

どうしてもこうしてもない。恐らく昨夜の自分たちと同じように、情事に耽(ふけ)っていたのだとしか考えられなかった。

(でも、フェリクスは私と婚約するんじゃなかったの？)

状況が把握できないままフェリクスの両親――シャルルとオレリー夫妻の客間へ向かう。馬車を借りるつもりだったのだ。

だが、こちらはまだ朝早いので、起きていないのか返事がない。

とはいえ、どこかで時間を潰そうにもエドアールの寝室にも客間にも戻れない。なら、少々寒いだろうが仕方がないと、庭園の東屋へ向かいかけたところで、ばったりとエドアールに出くわした。

「……っ！」

反射的に身を翻して逃げ出す。

「ミレイユ！」

階段を駆け下り玄関広間を横切り、何事かと驚く衛兵らを尻目に、わずかに開いていた観音開きの扉の狭間からするりと抜け出す。

まっしぐらに庭園へ向かい、隠れる場所はないかと辺りを見回した。

（そうだ。あそこに……！）

ちょうどいい場所を発見して潜り込む。

「ミレイユ！」

よく通るエドの声が庭園内に響き渡る。だが、顔を出すわけにはいかなかった。

（だって、どんな顔をして会えばいいの？）

何を言われるのかも怖かった。

（エドに会う時にはいつも嬉しかったのに……隠れなくちゃいけないなんて）

エドアールはミレイユの名を呼び続けていたが、十分、二十分、三十分も経つと諦めたのだろうか。声が止んで辺りが静かになった。

ほっとするのと同時に寂しい気分にもなる。

（きっとこれでいいんだわ。悲しいけど会わずに帰ったほうがいい……）

更に五分が過ぎたところで、ミレイユは様子を窺いつつ、バラの植え込みの下から這い出した。

バラの植え込みは幼いころエドと隠れん坊をする際、ミレイユの中庭での定番の隠れ場所だった。探そうにも茨で手を刺されるので、エドでも探すのを躊躇うと知っていたからだ。そんな植え込みの下にも潜り込める、小柄なミレイユならではの得意技だった。

（よかった……。気付かれなかった）

ところが、胸を撫で下ろした途端、「ミレイユ」と名を呼ばれ、同時にうしろから抱き締められたのだ。

エドアールの体温を感じ心臓が跳ね上がる。

「え、エドっ……」

「ミレイユ、昔から変わっていないな」

エドの低い声と囁き、笑い声が耳元をくすぐった。

「君はどれだけうまく隠れても、三十分以上は我慢できないんだ。それでいつも僕に見つかっていたのを忘れていたのかい？」

綺麗さっぱり忘れていたとは、恥ずかしくて答えられなかった。

エドアールはミレイユの髪に頬を埋めた。

「どうして逃げようとしたんだ？　……昨夜の僕が怖かったのかい？」

「ち、違うわ。エドが怖いだなんて……」

「なら、なぜだ？」

アンヌに心変わりしたのにまだ自分に気のある態度が辛く、アンヌを悲しませないためにも止めてほしかった。

ミレイユが一向に答えようとしなかったからだろう。エドアールは腰に回した手に力を込めた。

「ミレイユ、君が打ち明けてくれない限り、僕は君を離さないよ。それとも、今ここでキスしようか」

「ま、待って！」

いくら朝早くとはいえ、庭園には植え込みの手入れをする庭師もいれば、舞踏会の招待客らも朝日を見ようと窓から顔を出しているかもしれない。口付けられるところを目撃されれば、間違いなく噂になると思われた。

アンヌの耳に届けばどうなることかと息を呑む。

「さあ、ミレイユ、どうする？」

「……っ」

ミレイユは観念して口を割った。足元に目を落としぽつり、ぽつりと理由を語る。

「私……すごく我が儘なの。エドの体だけじゃ足りない。心も全部ほしいの。ひとつしかもらえないなら、いっそ何もない方がいい。いっそすべて忘れてしまいたい……それくらい好きなの」

「ミレイユ……」

「だから、これ以上一緒にいられないの」

目の奥が熱くなりじわりと涙が滲む。

「お願い。これ以上期待させるような真似は止めて」

エドアールはミレイユのつむじにそっと口付けた。

「……なら、フェリクスに心変わりしたからではないんだね？」

「フェリクスを好きになるなんて絶対にないわ！」

フェリクスの名が出たので首をぶんぶんと横に振る。

「婚約だって叔母様に言われて……断り切れなくて……」

エドアールは「ああ、なるほど」と頷いた。

「土地と領民を人質に取られたんだな」

「えっ……」

一瞬、エドアールは読心術の使い手なのかとぎょっとした。

「……どうしてわかったの？」

エドアールはミレイユの肩に手を回し、肩に顎を載せ「わかるさ」と苦笑した。

「君が何を大切に思って、なんのために身を捧げるのかくらいすぐにわかる。僕は君だけを見つめてきたのだから」

ミレイユはエドが何を考えているのかわからなかった。なぜベッドの中でのように愛の言葉を囁くのか。

「エド……エドはアンヌ様が好きなんじゃないの？」

「アンヌ？　アンヌとはどのアンヌだい？」

思い掛けないエドの答えに目を瞬かせる。

確かにアンヌという名は珍しくなく、単純なアンヌの他にアンヌ＝マリーといったように、ミドルネームと繋げたものも多い。

昨夜の招待客にもアンヌという名の女性は何人かいたと思うのだが、それでもエドアールにとってのアンヌと言えば、シャストネ家のアンヌしか考えられないはずだった。

ということはと首を傾げる。

「エドアールとアンヌ様はなんでもないの……？」

「だから、一体どのアンヌ……。……そうか。君がどんな誤解をしているのかわかったぞ」

エドアールは腕の中でミレイユの体を反転させた。

「ミレイユ、僕の恋人は君だけで、妻も君だけだと誓っただろう？　どうして彼女に心変わりをしたと思えたんだい？」

「だ、だって……」

呆然と吸い込まれそうな瑠璃色の双眸を見上げる。

「ポールさんがそう言っていて……。手切れ金を渡すからって……」

「なんだって？　ポール？　手切れ金？」

エドアールはその名を聞いたきり黙り込んだ。

「エド、どうしたの？」

「いや……」

エドアールの瞳の奥がキラリと光った気がした。

「ミレイユ、聞いてくれ。僕は君と別れる気なんてないし、当然手切れ金だなんて有り得ない」

エドアールは戸惑うミレイユをそっと胸に抱いた。髪を撫でながら子どもに言い聞かせるように耳元で語る。

「僕はアンヌ嬢にそうした好意を抱いたことはない。確かにシャストネ家は有力貴族で、何人かの血縁者が要職についているから、無碍(むげ)にはできずにエスコートしたが……」

「えっ……じゃあ、あの手紙は一体……」

「手紙？　なんの手紙だい？」

「確かにエドの字だったの。アンヌ様が好きになったって……」

ミレイユが事情を説明すると、エドアールは「まったく……」と、珍しく唸(うな)り声を上げた。

「僕にはもう心に決めた女がいると告げたはずだったんだが……そうか、ポールが……」

ミレイユはエドアールの口調に怒りが込められているのに気付いた。ただし、昨夜とは違って、静かに燃える青い炎を連想させる怒りだった。

「――ミレイユ」

名を呼ばれて何気なく顔を上げ、唇にキスを落とされたので目を見開く。

「え、エド、何をするの。もし誰か見ていたら……」

「大丈夫。ここは茂みの影になっている」

「そ、そういう問題じゃなくて……！」

「僕たちはもう夫婦なんだから、見られても構わないさ」

エドアールはミレイユの腰を掠って上向かせると、嚙み付くような口付けでミレイユの言葉を奪った。

「んっ……」

舌を歯と歯の狭間に差し入れ、口内で逃げ惑うミレイユのそれを絡め取る。

「ん……う」

自分たちだけにしかわからない、くちゅくちゅと淫らな音を聞き、膝から力が抜け落ちそうになった。だが、すぐにエドアールが支えてくれことなきを得た。

(もう、頭はぼんやりしていないのに……)

正気であるはずなのに体が昨夜と同じ熱を持っている。エドアールはくたりとしたミレイユの耳元で囁いた。

「……ミレイユ、僕の話を聞いてくれるね?」

「……」

ミレイユはこくこくと頷くことしかできなかった。


王宮のエドアールの私室を訪れるのは初めてだった。

（ここがエドの部屋……）

ピエール城で暮らしていた頃には、エドはすっきりした内装を好んでいた。調度品はもとからあったベッド、テーブル、椅子、本棚、絨毯以外には、装飾的なものはまったくなかった。

だが、王宮ではそうもいかないのだろう。室内の四方には絹地の布壁紙が貼り付けられ、更に黄金の額縁入りの風景画が掛けられていた。

天井からは大広間と同じデザインで、一回り小ぶりにしたシャンデリアが吊り下げられ、窓から差し込む夕陽（ゆうひ）の光を受けてきらきら輝いている。

東側には絹張りの長椅子が置かれ、中央にはテーブルとやはり絹張りの椅子が二脚、その下には複雑な文様の絨毯が敷かれていた。王家の紋章のバラが織り込まれており、贅沢（ぜいたく）品（ひん）に馴染みのないミレイユにも、一目で高価なものなのだと判断できる。

それでも、やっぱりエドアールの部屋だと思えたのは、北側の壁に隙間なく設置された本棚に、書物がぎっしり詰め込まれていたからだった。

（やっぱりエドの部屋だわ）

すっかり嬉しくなり緊張感が解ける。

エドアールもミレイユの視線を追い唇の端を上げた。

「王宮には図書館があるし、執務室も書物だらけなんだけどね。自分の手元に置いて読みたい時があるから」

「エドらしいわ」

エドは目を細めつつミレイユに長椅子を勧めた。自分も隣に腰掛け膝の上に手を組む。

「さて、どこから話そうか。まずは手紙の件からだな。確かに僕の字だったと言っていたね」

「うん……」

エドアールの字を見間違えるはずがなかった。

「だって、私エドの手紙が届くたび、何度も読み返していたもの。でも、その手紙だけは最後にエドじゃなくてエドアールって書いてあって、ちょっとおかしいなと思って……」

「手紙の偽造はそう難しくはない」

エドアールの言葉にぎょっとして目を瞬かせる。

「ギゾウ？　ギゾウって偽物を作るってことでしょう？」

「ああ、そうだ」

「そんなのどうやって……」

「手紙を何通か盗んで筆跡を真似ればいい。線の太さ長さ、折れの角度、全体のバランス……そうした要素を考慮すれば似た字は書ける」

それでも、自分の筆跡のくせはどうしても出てしまうものだが、もとからくせのあまりない字を書く人物であれば、限りなく本物に近付けることができるかもしれないと。

ミレイユは混乱し目を白黒させた。

「でも、一体誰がなんのためにそんなことをしたの？」

「……」

エドアールは顎に手を当て考え込んでいたが、やがて「心当たりが一人いる」と呟いた。

「他人の筆跡を真似することが難しいし、くせのない文字を書ける人物もそういないからな」

吸い込まれそうな瑠璃色の瞳がぎらりと光る。

「ただ、まだ証拠がない。ミレイユ、この件は僕に任せてくれないか。必ず犯人を突き止めてみせる」

「う、うん……」

ミレイユとしては誤解が解けただけで十分だったのだが、有無を言わせぬエドの迫力に気圧(けお)されて頷いた。

それにしてももとおのれの言動を振り返って落ち込む。

「私、馬鹿だわ……。最初にそうしようって思っていた通り、ちゃんとエドに手紙を見せて直接聞けばよかった」

もし媚薬を飲まされてからエドアールが駆け付けてくれなければ、誤解が解けないままフェリクスに抱かれ、引き返せなくなっていただろうとぞっとした。

（それにしても、ポールさんは手切れ金なんて嘘を吐いてまで私とエドに別れてほしかったのかしら。それって私が令嬢らしくないから？）

さすがに少々がっくりしてしまう。

（確かに私は田舎っぽくて、はしたなくて、エドに相応しくないかも知れないけど……。ベッドの中であんな声出しちゃったし……）

（王都にはアンヌ様みたいに綺麗な女の人がたくさんいるし、そう思われても仕方がないのかもしれないわ）

どうすればアンヌのように美しく洗練された令嬢になれるのかと頭を捻る。

一方、エドアールはミレイユがまだ落ち込んでいると勘違いしたらしい。手を伸ばして明るい金の巻き毛に手を埋めた。

「いや、あの状況では無理だっただろう」

そっと肩を抱き寄せミレイユの頭に口付ける。

特に行事がない日にでもそうなのに、特に全国から人の集まる大規模な舞踏会となると、国王は臣下に貴族、貴婦人、令嬢方にたちまち取り囲まれることになるので、ミレイユはなかなか近付けなかっただろうと。

更に王族、公爵家、侯爵家、伯爵家、子爵家、男爵家と、家柄と身分順に声を掛け、それぞれと立ち話をすることになるので、ミレイユの番は相当後になったか機会がなかったかもしれないとも。

「王宮で僕が一人になれる場所は寝室くらいだ。もっとも、扉の外には衛兵が立っているから、昨日何をしていたのかは漏れ聞こえてバレているだろうけどね」

「えっ……」

ミレイユは頬を押さえてしばし絶句した。

「じゃ、じゃあ、衛兵さんたちは私たちのあの時の声も聞いていたの？」

「それ以前に男と女が二人で寝室にこもりきりになる時点で――」

「～～っ」

エドが説明し終える前に、白磁と同じ白さと滑らかさの頬が、朱の染料を一滴落としたようにみるみる赤くなる。ミレイユは頭から湯気が立ったのではないかと錯覚した。

「もう、嘘、んもう、やだぁ……」

「ミレイユ？」

「やだぁ……」

媚薬に当てられ、熱に浮かされていた時のことは、ぼんやりとではあるが記憶に残っていた。聴覚だけはそんな時にでも敏感なのか、自分が上げたあられもない声が脳裏に響き渡る。

「やだぁ……恥ずかしい……。エド、お願い。忘れて……。んもう、全部忘れる薬があったらいいのに……。エドと衛兵さんに飲ませるのに……」

「僕は世界中の人間に見られていたとしても、忘れるなんてできないし、したくもないけどね」

エドアールにいくらそう断言されても、羞恥心で胸が一杯になり何も考えられない。

エドアールは苦笑しつつミレイユの手を取った。

「ミレイユ、バルコニーへ出て頭を冷やそうか。ちょうど涼しくなってきた頃だ」

そう促されてのろのろ立ち上がる。

エドアールは気付け薬代わりなのか、テーブルの上に置かれていた、なんらかの果汁を入れたゴブレットを手に取った。

——夕暮れ時のバルコニーから見える庭園は、迷路のような植え込みから通路、噴水、その中央に建てられた水瓶を持つ天使の彫像、堀の水面まで先ほどのミレイユの頰と同じ朱色に染まっていた。

一瞬、羞恥心を忘れて見惚れる。

「綺麗……」

ミュラの自然の風景も素晴らしいが、様式化され、丁寧に手入れのされた庭園もアクアマリンの瞳には美しく映った。

「エドはいつもこんな綺麗な夕日を見ているの？」

「気に入ってくれたかい？」

エドアールは果汁を一口飲みゴブレットをバルコニーの手すりに置いた。

「うん！」

ミレイユが笑顔で隣の恋する人を見上げた瞬間、不意に顎を摘まれ上向かされた。花弁を思わせる唇がわずかに開く。

エドアールはそっと口付けたかと思うと、その狭間から甘く香り高い果汁を注ぎ込んだ。

「……っ」

舞踏会で飲んだワインと同じ、馴染みのあるミュラの葡萄の果汁の味だった。思わずごくりと呑み込んでしまう。

「……落ち着いたかい？」

ミレイユは唇を離されエドアールに問われたものの、口移しをされたのに驚いて、丸くなった目のまままじまじと吸い込まれそうな瑠璃色の双眸を見つめてしまった。

エドアールは唇の端を上げて微笑んだ。

「口直しにもなっただろう？」

「……」

確かに、フェリクスにミュラ産のワインに媚薬を混ぜられ、飲まされた忌まわしい記憶があっさり塗り替えられてしまった。

再び頬を染めて「……うん」と小さく頷き、エドアールの上着の袖を引っ張る。

「ねえ、エド。もっと飲んだらもっと落ち着くと思うの。だから……もう一回してくれる?」

「……ああ」

エドアールはもう一口果汁を口に含むと、今度はミレイユの頬を包み込んだ。

「……っ」

ミレイユは思わずエドアールの脇腹に手を当てた。甘くて熱くて頭がくらくらする。

「ん……」

(こんなに葡萄の果汁が美味しいだなんて……)

恋というエッセンスは蜜にも砂糖にもなるのだと感じた。

だが、口付けに酔い痴れながらも、ふと一抹の不安が脳裏を過る。

(私はフェリクスと婚約したって思われているのよ。……これからどうすればいいの?)

はたから見れば国王が婚約者を寝取った――そういう構図以外に有り得ないだろう。エドの評判を落とすことだけは避けたかったのにと青ざめる。

ところが、ミレイユのこの心配はまもなく解消されることになった。

――なんとフェリクスが別の女性と婚約することになったからだ。

第四章

ミレイユはエドアールとのキスが、宮廷で噂になるのではないかと恐れたが、運良く誰も目撃していなかったらしい。

変わって広まったのはフェリクスの噂だった。ある子爵家の令嬢に手を出したというのだ。

召使い相手だったのなら揉み消せたのだろうが、相手は歴とした貴族の令嬢だ。遊びでしたと言い訳できるはずもない。

フェリクスは当然シャルル・オレリー夫妻に呼び出され、事情を問い質されることになった。

『こんなはずじゃなかった！』

フェリクスは頭を抱えてそう言い訳をしたのだそうだ。

『ミレイユを連れて行かれてイライラして……だから、その辺にいる召使いを誘って……』

フェリクスにとって不運だったのは、舞踏会に飽き飽きした令嬢が、召使いと衣装を交換し、一時の使用人気分を楽しんでいたことだろう。そして、フェリクスは苛立ちを召使いにぶつけようと、令嬢に声を掛け室内に連れ込んだのだった。

令嬢は元々遊び人だったようで、それなりに見栄えのする顔立ちのフェリクスが気に入り、アバンチュールを楽しもうとしたらしい。

しかし、ここは彼女の屋敷ではなく王宮内である。当然、客間の並んだ廊下前には何人もの人目があり、噂が立たないはずがなかった。

令嬢の父親の子爵は当然フェリクスとシャルル・オレリー夫妻に詰め寄った。こんな状況では今後娘にろくな縁談は望めない。だから、責任を取れ——つまり、令嬢を娶れと迫ったのだ。

一見正論だが父親が問題児の娘の素行を知らぬはずがない。体のいい厄介払いだったのだろう。

フェリクスは「行きずりの女となんて冗談じゃない」と全力で抵抗し、「俺はミレイユと結婚するんだ。ミレイユ以外は嫌だ」と主張した。

だが、世間と宮廷の規則がそれを許さなかった。

貴族らは新たなミュラ伯一家に冷ややかな目を向けた。宮廷内で無体を働いた上に、責任を取ろうともしない、貴族の風上にも置けない態度だったからだ。

社交界で爪弾き(つまはじ)にされた夫妻は頭を抱えた。王宮での居場所を失ってしまったからだ。また、宮廷では女性への暴行が厳禁であり、破った者には罰則が科せられる。ミュラ伯の後継者の地位を剝奪(はくだつ)される場合もあった。

結局、フェリクスに残された道はひとつだった。

こうして舞踏会が開催されて一週間後の夜、フェリクスと例の令嬢は婚約し、騒動はひとまず落ち着き宮廷は日常を取り戻した。

一方、ミレイユは微妙な立場に置かれることになった。

まだ婚約届は受理されていなかったのだが、アンヌに公衆の面前で実質的に婚約したと暴露されたので、婚約破棄された哀れな令嬢だと同情されたのだ。

シャルル・オレリー夫妻とフェリクスは、王都の元暮らしていた別邸に引き籠もり、ほとぼりが冷めるまでおとなしくしているのだとか。当分、ワイン畑や醸造所の管理は専門家を雇って任せるのだという。

ミレイユはミュラのこれからが心配でならなかった。シャルル・オレリー夫妻とフェリクスは領民に信頼がないからだ。

だから、自分とフェリクスを婚約させるはずだったのに、その彼がよりによって王宮で不祥事を起こし、縁もゆかりもない令嬢と結婚することになった。

その上、当分ミュラに戻らず王都に引き籠もるというのだから、更に領主に対して不信感が増すのではないかと思われた。

（エドと仲直りできて嬉しかったけど、私はフェリクスと結婚しなくても、ミュラに帰ったほうがいいのかもしれない）

ミレイユはミュラの葡萄畑の景色を思い浮かべた。

（またエドと離れ離れになるのは嫌だわ。でも、ミュラを放っておくことなんてできない。生まれ育った大切なふるさとで、エドとの思い出もたくさん詰まっているんだもの）

ミュラへ帰郷しようとする理由は、領地の運営への不安だけではなかった。

エドアールは「僕と籍を入れて王宮で暮らせばいい」と言ってくれる。だが、今回の件で評判を落としたクレーヴ家の出身では、臣下らに反対される恐れがあったからだ。

もっとも、エドアールは臣下の反対など関係ない。今の力関係でなら押し切れると自信を持っている。しかし、敵は増やしてほしくないので、強引な手段を講じるのは避けてほしかった。

このようにミレイユがミュラと自分の今後に胸を痛め、対策はないかと頭を捻る一方で、フェリクスは別のことばかりを気にしていた。

子爵令嬢との婚約が正式に決まり、王宮から追い出されるように別邸に移るその日、フェリクスは廊下ですれ違ったミレイユに縋り付いた。

「ミレイユ！　助けてくれ！　俺はあんな好き者の女と結婚したくない！」

その醜態にはさすがのミレイユも呆れた。

「あんな女って……婚約者をそんな風に言っちゃ駄目よ」

「違うんだ。俺はお前が好きなんだよ」

「えっ⁉」

「好きでもなきゃ媚薬なんて盛ったりするかよ。お前が振り向いてくれないから……」

ミレイユからすれば青天の霹靂だった。会うたびに嫌味を言われ小突かれていたので、嫌われているとばかり思い込んでいたのだ。その上、自分の気持ちをないがしろにされる薬を盛られ、フェリクスへの印象は最悪どころではなくなっていた。

「嘘でしょう。だって、私は好きな人に意地悪なんてしたくないもの。うんと優しくしてあげたいって思うわ」

「それは……」

フェリクスは拳を握り締めた。

「俺は虐めるつもりなんかなくて……」

「でも、私は虐められていると思っていたの」

ミレイユはフェリクスを真っ直ぐに見つめた。

「私も初めからフェリクスが嫌いだったわけじゃないわ。初めてあなたがミュラに来た時、いいお友だちになれるかもしれないって楽しみだった。……本当に楽しみだったのよ。同じ年頃の子どもは近くにいなかったから」

「……」

だが、思い描いていた未来は実現せずに終わった。

「これ以上あなたを嫌いにさせないで。婚約者を大切にして。その人だって傷付いているでしょうに」

「……お前はどうなんだよ」

フェリクスはぎりりと唇を噛み締めた。嫉妬の炎が揺らめく目でミレイユを睨み付ける。

「陛下に抱かれたんだろう？」

「……っ」

言い当てられて息を呑む。

フェリクスはそれで確信したのか、目の力を強めてミレイユに一歩詰め寄った。

「あんな状況で手を出さないはずがない。それに、陛下はエドなんだろう？　なぜ陛下がミュラにいたんだ。一体どういうことなんだ？」

ミレイユがはいともいいえとも言えずに立ち尽くしていると、「ミレイユ」と背後から名を呼ばれ、振り返る前にそっと腹に手を回された。

「こんなところにいたのか。そろそろお茶の時間だから居間においで。レーズンのたっぷり入ったケーキを用意してある。もちろん、ミュラ産だ」

ケーキのように甘い声だった。フェリクスとの言い合いに夢中で、近くにいたのに気付かなかったらしい。

「え、エド!? いつ来たの!?」

直後に、「しまった」と自分の迂闊さを呪う。うっかり慣れ親しんだ名を口にしてしまったのだ。背筋から冷や汗が流れ落ちた。

（エドが王様だってばらしちゃいけないって言われていたのに……）

「やっぱりそうだったのか」とフェリクスが唸る。

「一体どういうことなんだ？ やっぱりお前はエドだったんだな。一体何者――」

吸い込まれそうな瑠璃色の瞳が、ゆっくりとフェリクスに向けられる。途端にフェリクスがその場に凍り付いた。

だが、ミレイユはエドアールの顔が見えないので、何があったのかと首を傾げるばかりだった。

「……っ」

フェリクスが息を呑んで一歩後ずさる。蛇に睨まれた蛙さながらだった。

一方のエドアールは落ち着き払っており、聞き分けのない子どもに言い聞かせる口調でこう告げた。

「フェリクス殿、王侯貴族には賢い生き方がある。どうやら君はまだ学んでいないようだな。どんなものなのかわかるかい？」

先ほどまでの威勢はどこへ行ったのか、フェリクスの表情は恐怖で凍り付いている。

「そ、それは……」

ミレイユの背筋にもぶるりと震えが走った。

（エドの声……優しく聞こえるのになんだか怖い……）

空気がピリピリし肌を刺されるように感じた。

今まで知らなかったエドアールの一面に戸惑う。

エドアールは口調はそのままに歌うように言葉を続けた。

「なら、教えてやろう。見ぬ振り、聞かぬ振り、そして、余計なお喋りをしないことだ。……口は禍の門という諺を知っているかい」

口は禍の門と聞いた途端、フェリクスの顔色がたちまち真っ青になり、額から脂汗が零れ落ちた。

エドアールが「どうやらわかってくれたようだね」と笑う。

「君が今すべきことは子爵と令嬢に礼儀を尽くすことではないのかい？　こんなところでミレイユに突っかかっている暇はないと思うが」

「……」

「フェリクス、返事はどうした」

「はっ……はいっ……かしこまりましたっ！」

フェリクスは土下座かと思うほどの深さで敬礼すると、くるりと身を翻し、脱兎のごとく逃げ出した。

ミレイユは唖然とその背を見送っていたのだが、やがて我に返って首を捻ってエドアールを見上げた。

「エド、ごめんなさい。私、うっかりエドをエドって呼んじゃった……」

エドアールはミレイユを抱いたまま、明るい金の巻き毛に頬を埋めた。

「いや、ミレイユはそれでいい。……もう僕を名で呼んでくれる人はいなくなってしまったから」

エドアールの台詞を合図にしたかのように、張り詰めた空気が元のそれに戻る。

ミレイユはなんとなく気まずくなり、足元に目を落とした。

「ミレイユ、どうしたんだい？」

「う、ん……。さっきのエド、ちょっと怖かったから」

「ああ、済まない」

エドアールは苦笑し、ミレイユを腕の中で反転させた。腰を屈め目線を合わせる。

「僕はこの国の王だからね。威厳を見せなければならないことも多い」

それにと唇の端を上げ、ミレイユの大好きなあの笑顔を見せた。

「僕も今まで知らなかったミレイユの側面を王宮でたくさん見たよ」

「えっ、どんなところ？」

心当たりがなく首を傾げる。ミレイユもさすがに十五、六歳頃からは、誰に対しても裏表なく接することは減った。世の中には本音と建て前があり、自分も使い分けなければと注意していたのだ。

だが、エドアールの前だけではうまく演じられない。気が付くとありのままの姿を見せてしまう。だから、エドアールですら知らなかった自分の側面が気になった。

吸い込まれそうな瑠璃色の瞳に悪戯っぽい光が浮かぶ。

「思い掛けないところで意地っ張りなところかな。それから泣くとすごく可愛いところ」

ミュラにいた頃から泣き顔は何度も見せていたので、とっくに知っている一面ではないかと首を傾げる。すると、エドアールはそっとミレイユの耳元に口を寄せ、「ベッドの中でのね」と囁いた。

「キスが止まらなくなるくらい可愛かったよ」

「～～～っ」

初めて抱かれた夜の記憶は媚薬のせいで曖昧だったが、めくるめく時を過ごしたのだとは体がしっかりと覚えていた。白磁の頬が一気に薄紅色に染まる。

「エドの意地悪！」

そっぽを向き両手で顔を押さえる。

「済まなかった。僕が悪かった。でも、恥ずかしがるところも可愛いな」

「もう、エドなんて大……」

嫌いと続けようとして口を噤む。

嘘でも喧嘩(けんか)でもエドアールを大嫌いなどと言えるはずがなかった。

「ミレイユ」

エドアールはミレイユの前に回り込み、肩に手を置いて目を覗き込んだ。

「僕も君を愛しているよ。きっと君が僕を好いていてくれるよりもずっと」

そして、ミレイユの唇に優しく甘い口付けを落としたのだった。

——ミレイユの後見人になりたい。

ショーヴラン卿からそうした申し出があり、内密に謁見の申し込みがあったのは、フェリクスの騒動が落ち着いてまもなくのことだった。

エドアールは人目に付かぬよう、深夜にショーヴラン卿を執務室に呼び出し、何が狙いなのかと聞き出そうと図った。

テーブルを挟んだ長椅子に向かい合って腰を下ろす。

ショーヴラン卿は有能だが本心がまったく見えない、エドアールにとっては少々使いづらい人材だった。それでも、彼ほど新人外交官の教育者に最適な人物はいなかったのだ。

それゆえ、ノウハウを吸収後はマニュアル化し、ショーヴラン卿については年齢を理由に引退を勧告。実権のない適当な名誉職を与え、厄介払いをするつもりだった。

ショーヴラン卿は室内の長椅子に腰掛け、ふぉっふぉっふぉっと笑いつつ向かい席のエドアールを見つめた。

目の前にいてもまったく存在感がない。髪は真っ白で枯れ枝のように痩せ細っている。今夜誰にも気付かれずに書斎まで来られたのも、この目立たなさのせいだった。だが、青灰色に浮かぶ光の輝きは衰えていない。

（……やはり油断がならないな）

エドアールはショーヴランが一見冴えない容姿とは裏腹に、かつて一級の外交官であり、人間の心理や交渉術、それによって社会がどう動くのかを熟知しているのを知っていた。

それゆえ、一切の隙を見せるつもりはなかった。

ショーヴラン卿は相変わらず笑みを浮かべている。

「こうした企みは久々でワクワクしますな」

「目的はなんだ？」

エドアールは単刀直入に切り出した。腹の探り合いは時間の無駄だったからだ。また、こうした輩はのらりくらりとした会話術で自分に有利な流れに持ち込もうとする。ショーヴラン卿のペースに乗るつもりはなかった。

「なぜミレイユの後見人を名乗り出た」

ショーヴラン卿は目をわずかに見開いた。少々意外な展開だったらしい。それでも、すぐ気を取り直したらしく、老人らしい柔和な笑みを浮かべた。

「……何、若者の恋路を応援しようと思いましてね。若者とは恋に一途なものです。あのお嬢さんと結婚したいのでしょう？」

ショーヴラン卿は庭園でエドアールとミレイユが、仲睦まじく語り合い口付けているのを目撃したのだと語った。

「おまけにお互いを見つめる目が愛し合うもののそれでしたからね」

「……随分と目がいいようだな」

「この通り老いさらばえてはおりますが、耳は遠くなっておりませんし、目もよく見えております。実は、私はこう見えて六十歳なのですよ。少々老けるのが早いようでして。若い頃に不摂生をしたからでしょうね。まあ、陛下にとっては六十も七十も同じでしょうが」

またふぉっふぉっふぉっと笑う。

「貴族社会では政略結婚が当然です。国王などその筆頭でしょう。ですが、私は頂点に立つ者だからこそ、愛し合う伴侶と結ばれるべきだと考えます」

エドアールはショーヴラン卿の目を見据えた。

「なぜだ？」

ショーヴラン卿もエドを見返す。

「権力者は孤独であってはならないからです。孤独は人を強くもしますが、同時に視野狭窄に陥らせる。結果、国を滅ぼしかけることすらある。そうした事態を防ぐためにです。ハロルド様の治世で実感させられました」

ショーヴランもハロルドを「陛下」とは呼ばなかった。

エドアールは母の敵ではあるが、叔父のハロルドを哀れに思った。

（死んでしまえばこんなものか……。即位を認められず簒奪者と見なされ、記録から存在すら抹消され……）

二度殺されたようなものだった。

ショーヴラン卿が言葉を続ける。

「あの方は愛してもいない妻を娶り、強引な手段を採り友人も臣下も失い、結果、みずからを滅ぼした……。愛し合う二人が結ばれる物語のためだけではなく、この通り実用的な理由もあります」

それにとふと思いを馳せる遠い目になる。

「私はあのお嬢さんが大層気に入ったのですよ。お嬢さんは隅々にまで目が届く方です。あれほど広い会場で誰にも見向きもされない私を見つけ、手を差し伸べてくれたのですからね。……私の亡くなった妻に似ている」

「ああ、確かにミレイユはそんな娘だ……」

領民とともに葡萄の木を一本一本守り育てる、ミュラでのそんな暮らしが彼女の優しさを育んだのだろうと思う。

ショーヴラン卿は「それからもうひとつ」と言葉を続けた。

「お嬢さんは評判を落としたクレーヴ家の出身です。しかも、クレーヴ家は現在の評判の如何に関係なく、もともと影響のほとんどない地方の伯爵家。財力だけならはるかに裕福な子爵家、男爵家が山とあるでしょうな。更に、一族郎党と呼べるほどの縁戚もいない。対外的にはお嬢さんの取り柄と言えば、あの可愛らしさくらいのものです」

「……何が言いたい」

「おわかりでしょうに。クレーヴ家に外戚として政治を牛耳る力はない。だが、国王との結婚に必要なだけの爵位はある——陛下にとっても国にとっても大きなメリットでしょう？　だから、お嬢さんとの結婚は多少強引に進めても、いずれ臣下にも理解されると考えている」

「……続けろ」

「何せ、宮廷に出入りする貴族は牽制し合っており、競争相手に出し抜かれるくらいなら、軽い神輿を担いだ方がいいと考えているでしょうから。もっとも、陛下が即位されたばかりの頃には、同じように陛下を舐めてかかり、結果現在の状況があるわけなのですが」

「……」

ショーヴラン卿の指摘通りだった。だから、ミレイユに「僕と結婚すればいい」と迷いなく伝えられたのだ。

エドアールは膝の上で手を組んだ。

「なるほど。そちらの言う通りだとして、なぜミレイユの後見人になろうとする。外戚に左右されぬゆえに利用できる王妃となるならば、現状維持の方がいいではないか。お前はミレイユの外戚として有利になるかもしれない。だが、僕にはなんの得がある？」

ショーヴラン卿の目からすっと笑いが消えた。なるほど、ここから真剣勝負ということらしい。

二人の間にすでに四十歳近くの年齢差はなかった。国と伴侶について議論する男同士の口調になっていた。

ショーヴラン卿が「まずは、お嬢さんの身の安全です」と切り出す。

「陛下は王太子時代にハロルド様に暗殺されかけている。その際、陛下の母上である前王妃様は殺害されております」

「……」

「前王妃様も元は小国の王女。ですが、その母国はハロルド様によるクーデターの際にも、結局なんの支援もできずに王位を簒奪される羽目になった。かの国はエルスタルから遠すぎた上に、軍事力では対抗できなかったからでしょうね」

エドアールは母の胸が剣で貫かれ、命を奪われたその瞬間をありありと覚えていた。生涯忘れられるはずがなかった。

『エド、危ない！』

母は身を挺(てい)して自分を庇ったのだ。幼い頃には優しく抱いてくれたその胸を貫通し、血に濡れた切っ先の輝きが、今でも脳裏に焼き付いていた。

ショーヴラン卿は膝に手を置いて目を落とした。

「陛下、あなたはたった一年で王権を強化され、着実に宮廷での地盤を固めつつある。順調に進めばいずれエルスタル全土の貴族を掌握し、絶対的な権力を手に入れることもありましょう。ですが、何が起こるかわからぬのが世の中というもの。……陛下も前王妃様やハロルド様のようにならぬとも限りません」

なるほど、ショーヴラン卿の言わんとすることが理解できた。

「お前はこの僕が殺されるというのか」

「あくまで可能性です。その上でお考えいただきたいのです。万が一陛下が早くお亡くなりになってしまえば、お嬢さんは危うい立場に置かれることになる」

確かに、なんの後ろ盾もないミレイユは、宮廷から追放されるだけならまだいい。母のように殺されることも有り得た。

また、将来ミレイユとの間に子が生まれていれば、その子も苦しい立場に立たされる。自分も苦労しただけに目に浮かぶように想像できた。そうした事態を防ぎたいのなら、後見人はいい手段のひとつになるだろうとも。ショーヴラン卿は王都近くに領地があり、私兵を動員するのがスムーズなのも魅力的だった。

足を組み横目でショーヴラン卿を見つめる。

「……よくわかった。だが、お前のような貴族はいくらでもいる。ショーヴラン家でなければならない理由はなんだ？」

ショーヴラン卿は窓の外に目を向けた。あいにく、今夜は曇り空で月も星も見えなかったのだが。何が面白いのか目を凝らしている。

「……私には子は娘だけ。全員が嫁いでおります。跡継ぎとなる者がおりません。このままでは断絶でしょうな」

つまり、ショーヴラン卿が外戚となり、エドに取り入って権力を振るうとしても、一代限りでありそう長くはない――他貴族に危険視されないと説明する。

からな」

青灰色の目が再びエドアールに向けられた。口元に好々爺の笑みが浮かぶ。

「もっとも、私が百まで生きれば別ですが。実は、私の家系は長命で皆八十を越えてから しか死んでおりません。この話は内密にしておいてください。暗殺されてはたまりません からな」

「確かに、僕にはどこまでも都合のいい話だな」

足を組み直してショーヴラン卿を睨め付ける。

「だからこそ、なおさらお前の意図が理解できぬ。まさか、僕と王家に忠誠を誓っており、力を尽くしたいと考えているからではないだろう?」

「なんと心外な。私ほど国と陛下を思っている老人はおりませんのに」

ショーヴラン卿は目を見開きおどけた表情を作った。

「もちろん、見返りにしていただきたいことはございます。ただし、できればあと二十年……私が死ぬまでに実現していただければいい。女当主を認めていただきたいのです」

この申し出にはさすがに目を見開いた。

「女当主だと?」

エルスタルでは女子の爵位相続は不可で、父系の男子のみが後継者として認められる。それゆえ、子息が生まれなかった場合には、父系の親族の男児を養子に迎えるのが一般的だった。実際、クレーヴ家もミレイユではなくフェリクスが継いでいる。

「先日、孫娘がいると申し上げたかと思いますが、この子がまた祖父の欲目もありますが、実に賢く行動力のある子でして……。この子にならショーヴラン家を任せられると思いました。まったくの不可能ではありますまい」

確かに、エルスタルも数百年ほど前までは、女当主で血統を維持した貴族もあった。とはいえ、すでに長い年月が過ぎている以上、法律と習慣を変えるとなると反発は必須だと思われた。

求められたものの大きさに思わず唸る。

「お前はなかなか難しいことを言うな」

ショーヴラン卿は「存じております」と頷いた。

「もちろん、娘を優先させろというわけではない。息子がいない場合に限って……それでも構いません」

「……」

エドアールは数秒の間に様々な計算をした。

ショーヴラン卿の後見人は魅力的だった。だが、女当主を認めるとなると、起こりうる問題の方が面倒だった。

それでも、ある一点のメリットがエドアールを頷かせた。

（もし、僕とミレイユとの間に娘しか生まれなかった場合、そこで王家の血筋が断絶する

ことになる)

そして、王位を巡ってまた国内が混乱することだろう。だが、女王が認められていれば違う。二度とあんな悲劇を繰り返したくはなかった。

「善処しよう」

ショーヴラン卿の目が演技ではなくぱっと輝いた。

「ありがたき幸せに存じます……!」

その夜、ミレイユは客間の寝室のベッドに腰掛け、ぼんやり月を見上げていた。

今夜は三日月で柔らかな光が辺りを照らし出している。

(ミュラと同じ月だわ)

ミュラを思うとその今後で頭と胸が痛くなった。

(私……どうすればいいのかしら)

エドアールもミュラも大切で、どちらか一方を選ぶなどできなかった。

一度気になると月を見るどころの心境ではなくなり、あれこれ不安になってベッドに突っ伏す。それでも感情を抑えきれずに枕を胸に抱き締めた。

（今頃葡萄畑はどうなっているかしら？　寝かせていた醸造所のワインは出荷できたのかしら？　今年の卸値はいくらくらいなのかしら？　皆にちゃんとお金が行き渡っているかしら？）

まだ王宮に来て二週間しか経っていないのに、我ながらどれだけ地元大好き令嬢なのかと呆れてしまう。

（……やっぱり様子を見に帰りたいわ。心配だもの）

ところが、エドアールが出発の許可をくれない。「もう少し待ってくれ」と王宮に留め置こうとするのだ。

今後が不安になり枕に顔を埋める。無意識に息を止めていたので、呼吸困難になりかけたところで、扉が数度叩かれ慌てて頭を上げた。

「ぷはっ……。だ、誰？」

「僕だ。入ってもいいかい？」

「エド？」

こんな夜遅くにどうしたのだろうと首を傾げる。「どうぞ」と返すとまもなく扉がゆっくりと開けられた。

エドアールは寝間着の上に濃紺のガウンを羽織っていた。合わせ目から逞しい胸板が見え隠れしていたので、照れ臭くなって慌てて目を逸らす。

エドアールはベッドの縁に腰を下ろし、枕を抱き締めるミレイユを見て唇の端を上げた。

「そのくせ、治っていないんだね」

「……？　くせ？」

「ああ、君は不安になると枕を抱き締める。気付いていなかったのかい？」

「……全然」

「それから僕に〝一緒に寝て〟と強請って可愛かったな」

恥ずかしさに頬が熱くなる。

「……エドって私より私のことをよく知っているみたい」

「そうかもしれないな」

エドアールは明るい金の巻き毛に手を埋めた。

心を読まれミレイユの心臓がドキリと鳴った。

「ミレイユ、ミュラが心配なんだろう？」

（やっぱりエドに隠し事なんてできないわ）

観念して「……うん」と頷く。

「ミュラにはエドとの思い出がたくさん詰まっているもの」

「だから帰ってミュラに一生を捧げたいと？」

今度はそう簡単には「そうだ」とは答えられなかった。

「私、どうすればいいのかわからないの。だって、エドが大好きでそばにいたくて……」

エドアールは唇の端を上げた。

「ミレイユ、僕たちはもう神に誓って結ばれた夫婦なんだよ。夫婦は互いを助け合わなければならない。これからはなんでも相談してほしいな」

「ひとつ提案があるんだ」と人差し指を立てる。

「ミュラを君の叔父上から買い取ろうと思っている。もちろん、葡萄畑や醸造所の専門家も派遣するつもりだ。専門家と言ってもミュラを何も知らない赤の他人じゃない。ミュラ出身で引退した葡萄育成の技術者やワイン職人たちを再雇用するんだ」

「えっ……」

思わず体を起こす。

つまり、ミュラを王家の直轄領にするということだ。

確かにシャルル・オレリー夫妻やフェリクス、あるいは赤の他人の専門家に任せるよりは、王家の権威がある分領民も納得できるだろうし、更に出身者が派遣されるとなれば受け入れられやすいだろう。

ミレイユはおずおずとエドアールの隣に腰を下ろした。

「でも、そんなことしてもいいの？」

エドアールはミレイユの絹地を思わせる頰にそっと口付けた。

「もちろん、君の叔父上たちには十分な金額を手渡す。……多分、君の叔父上夫妻もフェリクスも重荷が減ったと胸を撫で下ろすんじゃないか。ミュラを統治する力量はなかったように思うからね。僕の命令なら逆らうこともできないし、手放すのにいい口実になると思うと思うよ」

確かに、シャルル・オレリー夫妻がミュラを管理維持発展させられるとは思えない。何代も前からのクレーヴ家と領民との関係も考慮せず、専門家に任せきりにしようとしていたのだから。

「エド、ありがとう。よかったわ。これで皆の暮らしも守られる……」

エドアールの提案はミレイユの不安を綺麗に掻き消してくれた。だが、一抹の寂しさだけはどうにもならなかった。

(もうあそこに私の家族は誰もいなくなってしまうのね……)

「ああ、そうだ。もうひとつ」

エドアールがミレイユの細い肩を抱き寄せる。

「将来僕たちに子どもが生まれたら、うち一人に伯爵位を与え、クレーヴ家の名とミュラを継がせるのはどうだい」

「えっ……」

「ミュラは僕たちのふるさとだ。これから生まれる子どもたちにも、あの葡萄畑の四季の景色を見せてやりたいと思わないか」

「……っ」

胸が一杯になり声が出てこない。目に熱いものが込み上げ、鼻の奥がつんと痛くなった。

「……じゃあ、たくさん産まなくちゃいけないわね」

「ああ、男の子でも女の子でもどちらでもいい」

「でも、女の子は爵位を継げないんじゃ……」

「ああ、今はね」

エドアールはミレイユの顎を摘まむと、そっと上向かせ唇を重ねた。

「ん……」

エドアールとはもう何度もキスしているはずなのに、慣れるということはなく、心臓が高鳴ってしまう。

「ぷはっ……」

唇を外され大きく息を吸い込むと、エドが唇の端を上げて笑った。

「ミレイユ、息をしていなかったのかい？」

「だ、だって……心臓がドキドキして……」

「……ああ、もう。君は何をしても可愛いな」

エドアールはミレイユの背と膝下に手を回すと、ひょいと抱き上げ立ち上がった。その場でくるりと一回転する。

「きゃっ」

前触れもなく横抱きにされ、思わずエドアールの首に手を回す。

（この抱き方ってお伽噺で聞いたお姫様抱っこだわ！）

興奮して吸い込まれそうな瑠璃色の瞳を覗き込んだ。

「わあ、すごいわ！　私、お姫様抱っこなんて初めてよ！　エドは王子様みたいね……って、もう王様なんだったわ」

ミレイユの喜びようにエドアールの表情が少々複雑になる。

「エド、どうしたの？」

「いや、初めてではないんだけど、君が喜んでくれるならそれでいい」

エドアールはミレイユをベッドに横たえ、覆い被さって両手の指を隙間なく絡めた。

吸い込まれそうな瑠璃色の瞳と南の海を思わせるアクアマリンの瞳が、互いの中に揺らめく恋の炎を映し出していた。

今この瞬間間違いなく、二人は世界で一番幸福な夫婦だった。

「ミレイユ、愛しているよ」

低い声がミレイユの耳を擽る。

「私も……エドが大好き」

愛の言葉を合図のようにエドアールの唇がミレイユの首筋に落とされる。

「あっ……」

思い続け、ようやく心の通じ合った恋人――エドアールの美貌がすぐそばにあった。

つい吸い込まれそうな瑠璃色の瞳から目を逸らす。

「ミレイユ？　どうしたんだい？」

「や、やっぱりなんだか恥ずかしくて……」

媚薬の強烈な効果に酔い痴れていた時には、何をされてもしても気持ちいいとしか思えず、狂ったように快楽を求めていたのが信じられなかった。

（エドはあの時の私の表情も知っているんだわ）

そう考えるとますます頭に血が上り、体が興奮からではなく羞恥心で熱くなる。

ミュラで何度もブタやニワトリの交尾を見たことはあったが、どちらも淡々とコトを済ませており表情もさほど変わっていなかった。

なのに、自分はエドアールと過ごした夜で、あられもない顔を見せていたという確信があった。

（あんなこと、誰も教えてくれなくて……）

穴があったら入りたい気分になる。

エドアールはくすくす笑いながらミレイユの頬に口付けた。

「ミレイユが恥ずかしがるのは可愛いな。なら、僕の顔を見ないようにすればいい」

「えっ……」

ベッドの中で、睫毛が触れ合う至近距離でどうやってと戸惑う。

「こうするのさ」

エドは腕の中でミレイユの体を反転させた。

「えっ……ええっ」

右の頬をシーツに押し付けられ混乱する。胸が押し潰されて少々息苦しかった。

「これなら僕の顔も見えない」

エドはミレイユの背にキスの雨を降らせた。ひんやりとした唇が右の肩甲骨を辿る。

「ひゃっ……」

シーツの上で体が小さく撥ね、腰が持ち上がった。

「ミレイユ、知っているかい。君の背はミュラの初雪を思わせる。純粋な白で僕があれだけ抱いたというのに、蹂躙（じゅうりん）された形跡なんてどこにもない。君は身も心も決して汚れないんだな」

「……っ」

エドの唇は肩甲骨から首筋、首筋から背筋を辿り、尻の割れ目にまで来たところで動きが止まった。

「エド……？」

ミレイユが振り返ろうとした次の瞬間、長く骨張った指の一本が足と足の狭間に滑り込んだ。

「ひゃんっ」

湿気の立ち込める黄金の和毛を掻き分け、エドの指が柔らかな花心を摘まむ。

「やぁっ」

花心はたちまちぷっくりと勃ち、エドにしか反応しないミレイユの官能を刺激した。腹の奥がじゅんと潤いと熱を持つ。

「ま、た……そ、んな、とこっ……」

エドアールの指は時に蜜口の周辺に円を描いたかと思うと、再び花芽を執拗に擦り、時には押し潰した。そのたびにミレイユの紅水晶色の唇からは、熱い息と同時に喘ぎ声が漏れ出た。

「え、ど……やぁんっ」

きゅっと捻られ強烈な刺激に小さな悲鳴を上げる。弄ばれれば弄ばれるほど快感を覚え、ベッドの上で体が小さく撥ねた。

「あ……」

シーツを握り締めていても耐えられない。蜜口の中に第一関節を差し込まれると、指先からエドの思いが熱となって伝わってくる気がした。同時に腹の奥に貯まった熱が溶け、滾々と蜜が漏れ出る。

快感に左目から涙が込み上げ眉間を辿ってシーツを濡らした。

（どうして、エドだと何をされても気持ちがいいの……）

自問し、愛しているからだと自答する前に、蜜口に熱くかたい何かが押し当てられた。

「あっ……」

エドアールの雄の楔がゆっくりと押し入れられる。

その間に腰を掴まれ引き上げられたので、反射的にベッドに両手をつき、四つん這いの姿勢になった。

腰まで伸びた明るい金の巻き毛の一部が、窓から差し込む月光を反射しつつシーツに零れ落ち、その黄金の光の欠片がミレイユの白い肌に散った。

「んっ……」

入り口を逸物に押し広げられ、耐えようとして口を閉じたのだが、またすぐに開いて喘ぎ声を出してしまう。

「あ……あ、あ、あ、あ……あんっ」

「ミレイユ、好きだ」

顔を見てもいないのにエドの表情がわかる気がした。

「……っ」

熱い吐息交じりの愛の言葉は、エドアールの分身の熱に悶え、涙を流すミレイユの体を更に火照らせた。

エドアールの分身がミレイユの蜜口を出入りする。

圧迫感こそあるもののもう痛みは感じない。それどころか、媚薬を発散させるため、何度もエドアールと交わったからか、ミレイユの体はその形に馴染みつつありすらした。それでも、隘路を押し広げられる感覚は耐えがたかった。

「んっ……あっ……あんっ」

突如一気に突き入れられて息を呑む。間髪を容れずに濡れた音を立てて引き抜かれると、今度はエドアールを求めて内壁がひくついた。

華奢な身体が弓のように限界にまでしなり、リンゴのように実った乳房がふるふると揺れる。

「ミレイユ、僕が君の中にいるのがわかるか？」

焼き尽くされそうに熱い雄の肉が、胎内に満ち満ちている。だが、エドの質問に答えられるはずもない。声を出す余裕などどこにもなかった。屹立を受け入れるだけで限界だったのだ。

ところがエドアールはミレイユの沈黙を別の意味に取ったらしい。

「そうか、なら、わかってもらおう」

腰を小刻みに揺すぶり、ミレイユの内壁に刺激を与えた。

「あっ……」

開かれたばかりの初心な身体はそれだけで反応し、エドアールの猛りをぎゅっと締めつけてしまう。

「くっ……」

エドアールは低く呻いたかと思うと、間を置かずに腰を引き、ずんと音を立てる勢いで、ミレイユの最奥にまで穿った。

「あんっ」

圧倒的な質量がミレイユの内部を襲う。深く重い子宮への一突きに、身体がおののき小刻みに震え出すのがわかった。

エドアールの突きは一度では済まず、情熱のままに抽送を開始する。

繋がる箇所からじゅぷじゅぷと蜜が漏れ出し、淫猥な音が耳だけではなく、身体の中からも伝わってきた。

「あ……あんっ……やあんっ」

ミレイユは耐え切れずに、いやいやと首を横に振ったが、エドアールはより大きく腰を振り、無防備なミレイユの胎内を掻き回した。

ベッドが力強い動きに軋み、細い身体も前後に揺すぶられる。

「や……あっ……。ひゃっ……あんっ……ああんっ」

「ミレイユ、好きだ」

エドアールは不意に動きを止め、次にぐっと力を込め、ミレイユのもっとも弱い箇所におのれの固い分身を押し当てた。

「ん……あ。ああ……！」

「……君は？　僕を愛している？」

「そ……れはっ……」

エドアールはミレイユが答える間もなく、猛りをより奥へと押し込む。

「あふっ……」

ミレイユは咽(むせ)ぶような吐息を力なく漏らした。

エドアールに翻弄され、息も絶え絶えのはずなのに、身も心も喜んでいる。身体は火照り蜜の迸(ほとばし)りは絶えることがない。

羞恥と快感の入り混じる表情は、そんな中でも可愛らしく、ミレイユを抱くエドアールの劣情をさらに煽(あお)った。ずるりと肉の棒をミレイユの蜜口から引き抜く。

「あんっつ」

内壁を擦られミレイユはひときわ高く澄んだ嬌声(きょうせい)を上げた。空洞となった蜜口からとろりとした愛液が零れ落ちる。

ミレイユの蜜口はいまやすっかり充血し、割れた柘榴（ざくろ）の実の色となって、ひくりひくりと蠢いていた。そんな蜜口にエドアールは再びおのれの分身をあてがった。

「あっ……やんっ」

シーツの上に置かれた白い手の指が、挿入が深くなるのに合わせぴくりと反応する。もっとも奥だと思い込んでいたさらに奥を、エドアールの屹立が探り当てた。

「あっ……あっ……あっ……」

エドアールはさらなる奥地への扉を開こうと、なおも貪欲にミレイユの最奥を抉る。こりっとした感触を胎内で感じるたびに、華奢な身体が引き攣り、金の巻き毛の張りつく額から脂汗が滲んだ。

「あっ……あっ……あっ……」

ところがミレイユの悦楽が上り詰めたところで、エドアールは思いがけなく腰を引いてしまったのだ。ぐぷりと嫌らしい音を立てて、男の欲望が一息に抜かれる。絡んだ蜜がシーツに落ちしみを作った。

「エド……?」

蜜口に寂しさを感じ、ミレイユが振り返った次の瞬間、エドアールはおのれの肉棒を再び蜜口にずんと突き入れた。

「ひゃんっ」

悲鳴とも嬌声ともつかぬ可愛らしい声が寝室に反響する。

腰と腰が激しくぶつかり、二人分の吐息に重なる。エドアールは時折薄紅色に上気した乳房を荒々しく揉み込みながら、最終的な目的へ向けて突き進んでいった。

「あ、あっ……。あっ……あっ……いやぁんっ」

星形の傷跡のある厚い胸から汗が落ち、ミレイユの初雪の肌に染み込む。ミレイユは身体の隅々までが、エドアールの色に染められていくのを感じた。

エドアールの動きがふと止まった。間隔を不規則に置き、二、三度深く抉ったところで、猛りを思い切り押しつけてきた。

「くっ……」

次の瞬間、嵩(かさ)をぐんと増したエドアールの分身から、熱せられた飛沫が弾けた。

エドアールは肩で大きく息をし、獅子(しし)のように唸りながら、大量の精をミレイユの中に注ぎ込んでいく。

「ああ……」

絶え間のない絶頂にミレイユの意識は朦朧となり、繰り返し熱を浴びせかけられても、乱れたシーツを見下ろすばかりだった。

エドアールは最後の一滴を絞り出し、肩甲骨の位置に唇をつける。まだ屹立を抜く気はないようだ。ミレイユを強く抱き締め離さない。
ミレイユもまたエドに身を任せていた。
(このまま……ずっと繋がっていたい……)
あれほど快楽を貪っても、まだ足りない自分に戦慄した。

第五章

ミレイユとエドアールは内々に婚約し、三ヶ月後に正式に公表することになった。

ミレイユはフェリクスと婚約破棄したばかりだと思われているので、外聞を考慮しほとぼりが冷めるのを待つためだ。その間にショーヴラン卿をミレイユの後見人とする手続きも済ませるのだという。

その後ミレイユは両親の形見を取りに行くのと、領民らにミュラの今後について説明。更にエドアールの派遣する専門家に、葡萄畑と醸造所の管理の最新情報を引き継ぐため、許可を得て婚約の公表一週間前までの帰郷を決めた。

出発前日の夜、ミレイユは再びエドアールと枕を交わした。逞しく熱い胸に抱き寄せられながら、ショーヴラン卿の地位と身分を聞かされ仰天する。

「こ、侯爵？　あのお爺さんって歴史の本に登場するあのショーヴラン家の当主だったの？」

ショーヴラン家は国史に登場する、代々外交と軍事を担ってきた一族だ。百年前には大戦でエルスタルを勝利に導き、当時の当主は英雄として有名である。ところが、数十年前流行病で一族のほとんどが死に絶え、三男だったショーヴラン卿が後を継ぎ、辛うじて血を繋げてきたのだという。

「ミレイユ、すごいね。あの分厚い歴史書を完読したのかい」

「うん。二日前にやっとだけど……」

「たいしたものだよ。僕でも音を上げそうだった。それだけエルスタルの歴史が長いと言うことなんだろうけどね」

「うん、だって、エドの奥さんになるって王妃様になるってことだから。何も知らないままじゃいけないもの。だから、今から頑張らなくちゃ」

勉強は苦痛だったがエドアールのためなら努力も厭わなかった。できればアンヌのような一流の令嬢になりたかったのだ。

「まさか、あのお爺さんがそんなに偉い人だったなんて……」

ミレイユはショーヴラン卿の人のよさそうな顔を思い浮かべた。

「大丈夫？　私の後見人になるだなんて、お爺さんに迷惑はかからないかしら？」

「ショーヴラン卿にもメリットがあるからね。それに、個人的にも君を気に入ったようだ」

「気に入ったってどうして？」

エドアールは首を傾げるミレイユの頭を撫でた。

「ミレイユにとっては当然のことでも、他人にとってはそうではないからさ。僕は君のそんなところも好きだよ」

「？？？」

わけがわからなかったが、エドアールに好きだと言われたので、まあ、なんでもいいかとえへへと笑った。甘えてエドアールの胸に顔を埋める。

「エドも一緒に来られたらよかったのにね」

「僕もそのつもりだったんだが、急にヴォルムス帝国の使者との謁見の予定が入ってね。僕の分も思う存分ミュラの空気を味わってくれ」

「もちろんよ。たくさん吸い込んで、帰ってきたらエドに教えてあげるから。……こうやって」

頬を寄せそっと口付けると、エドアールの目がわずかに見開かれた。

「……君からのキスは蜜よりも甘いな」

「エドのキスもよ」

どちらからともなく唇を重ねる。数秒後に離して互いを見つめ合い、また重ねて再び離しもう一度口付けた。

「……不思議。何度キスしても足りないの。もっとしたくなっちゃう」

「僕もだよ」

「きゃっ！」

仰向けに転がされ気が付くとエドが覆い被さっていた。自分だけを見つめる瑠璃色の瞳に心を吸い込まれそうになる。

「ミレイユ、君を何度抱いても足りない。もっと抱きたくなる」

「エド……」

ミレイユの体はエドを迎え入れようと、すでに内側が熱を持ち潤っていた。手を伸ばしてエドの首と肩に手を回す。

「お願い……来て……」

「ああ……」

ふるりと揺れる乳房の片側をぐっと掴まれる。熱せられた息を吐き出すのと同時に、エドアールの膝がすらりとしたミレイユの足を割った。

翌日もっとも人目に付かぬ夜明け前、ミレイユは馬車でミュラへと発った。

今回の旅は内密なので見送りはエドアールしかいなかった。エドアールは姿が見えなくなるまで、部屋の窓からずっと手を振ってくれた。

別れたのはほんの十分前なのに、もう寂しくなって俯いてしまう。

「ミレイユ様、馬車酔いしましたか？　酔い止めを用意しましょうか？」

今回の旅に同行する侍女に尋ねられ、「あっ、ごめんね」と慌てて顔を上げた。

「エドと別れるのが悲しくて……だって三ヶ月も会えないのよ」

「まあまあ」

今年二十歳になるという侍女はたちまち顔を綻ばせた。

「仲がよろしくて羨ましいですわ」

この侍女はグレースという名で、ショーヴラン卿の遠縁なのだという。侍女の仕事が楽しく結婚する気がまったくなく、何かと理由を付けて縁談を断り、王宮に仕えてすでに五年目なのだとか。

数日前までエドアールとミレイユの婚約は、現在本人たちとショーヴラン卿、式を挙げる予定の大聖堂の大司教しか知らなかった。そこに、今回新たにグレースが加わっていた。ショーヴラン卿の血縁である上に、口がかたく信頼の置ける侍女だからなのだとか。

ミレイユは一目でグレースが気に入り、すでに姉のように懐いていた。

ミレイユの帰郷のために用意されたのは、もちろんグレースだけではなかった。

エドアールは最新式の馬車だけではなく、手練(てだ)れの騎士二十四人を付けてくれたのだ。

前後左右の四方に分かれて馬車を護衛している。

ミレイユは馬車の窓から顔を出し、「すごおい」と目を輝かせた。

「こんなにたくさんの騎士を一度に見たのは初めてよ」

「ミレイユ様、危のうございます」

「だって、面白いんだもの」

帰郷の旅は順調に進み、予定通り十日後ミュラに到着した。

執事を初めとするピエール城の使用人らは、皆ミレイユの帰りを心から喜んでくれた。特に乳母、今は世話係のマリーは涙を流さんばかりだった。主人が一ヶ月近くミュラにいないなど初めてだったからだろう。

「お嬢様、お帰りなさいませ。王宮はいかがでしたか?」

「色んなことがあったけど楽しかったわ。あのね、マリー、話があるの。私の部屋に来てくれる?」

「ええ、構いませんが……」

ミレイユはマリーを自室に招き入れ、フェリクスとの婚約が破棄となった件と、エドアールに再会できた件、更に彼と内々に婚約した件を打ち明けた。結婚するまではとエドアールに口止めされていたので、その正体が国王だとはまだ明かさなかったが——

マリーは「まああ」とミレイユの手を握って祝ってくれた。

「それはようございました。ミレイユ様はエド様がお好きだったですものね。亡くなったアンリ様もお二人の仲をそれは気に掛けていらっしゃって……」

「ありがとう。あのね、マリー。エドは実は偉い人だったのよ。私はお嫁に行くことになったの。だから、三ヶ月後にはミュラから引っ越さなきゃいけなくて。向こうのおうちの風習で、花嫁になる女の子は、結婚前から家に入らなくちゃいけないの」

「……そうだったのですか」

マリーの声がごくわずかにだが沈んだ。

マリーは天涯孤独の身の上である。元々は領民の一人だったのだが、若くして夫に死なれた上、そのショックで身籠もっていた子を死産してしまった。

絶望し、川に身を投げて命を絶とうとしていたのだが、すんでのところで領内を視察中のアンリに引き止められた。その後ピエール城に連れて行かれ、生まれたばかりのミレイユを託されたのだ。「この子は母を亡くしたばかりなんだ。どうか抱いてやってくれないか」と。

そうした経緯があったので、マリーは我が子のようにミレイユを可愛がっていた。ゆえに思い入れも人一倍強く、あるじが嫁ぐのを寂しく思っているのだろう。生き甲斐をなくしてしまうと感じたのか、一気に体中から力が抜け落ちたように見えた。

ミレイユは「それでね」とマリーの顔を覗き込んだ。

「迎えに来るから結婚式に来てくれない？　お嫁に行っても一緒にいてほしいの」

「……は？」

マリーの目が大きく見開かれる。

「エドのおうちってすごく立派で、私なんだか気後れしちゃうの。だから、マリーにそばにいてほしいの。マリーがいればどこだってピエール城よ」

「お嬢様……」

マリーはミレイユの手に額を押し付けて泣いた。

「もったいのうございます……もったいのうございます。ええ、ですが、もちろんでございますわ」

「私に赤ちゃんが生まれたら育てるのを手伝ってくれる？　エドと何人も作ろうって約束しているの」

「ああ、もう今から楽しみですわ」

マリーの目にはまだ涙が浮かんでいたが、口元には笑みが浮かんでいた。

こうしてミレイユは三ヶ月の里帰りののち、両親の形見を積み込んで王都へ発った。

ピエール城の使用人も領民らも、皆手を振って「お嬢様、お元気で」と見送ってくれた。

ミレイユは後日筋肉痛になるほど窓から手を振った。

（ミュラとはこれでお別れなんだわ）

もちろん、エドアールは帰郷を許してくれるだろう。だが、もうミレイユ・ド・クレーヴとしては――無邪気な少女としては最後なのだと思うと、胸が切なく優しく締め付けられた。

今日のこの景色を忘れまいと目を凝らす。

ミュラの夏は見渡す限り青々としており、そのすべてが葡萄の木の葉の色だ。時折領民が手入れをしているのが見える。青い空も白い雲も輝く太陽もそよぐ風も、すべてがミレイユにとってもっとも尊い風景だった。

先日参拝した両親がともに眠る、教会の墓石の十字架を思い出す。二人の肉体は土の下にあっても、魂はミュラの風に溶け込んでいるのだと思えた。

（いつか子どもたちを連れて戻ってくるわ。だからお父様、お母様、それまで待っていてね）

王都への道のりは途中までは順調だった。

なのに、あと半日の距離で到着するという頃になって、思わぬ事態に見舞われることになる。途中川を渡る予定だったのだが、石橋が崩れ落ちていたのだ。

護衛の騎士の隊長が川を前に「迂回（うかい）するしかありませんね」と唸った。

「安全のためにはやむを得ません。一、二日到着が遅れますがよろしいですか」

「ええ、構わないわ」

ミレイユが主人として頷くと、隊長は後方に「鳩を」と声を掛けた。部下の騎士が鳥籠を手に現れる。中には脚環を付けた一羽の鳩がいた。

「ねえ、その鳥って鳩よね。鳩をどうするの？」

「こちらは伝書鳩と申しまして、特殊な訓練を施した鳩です。経路変更により到着が遅れるとの連絡をいたします」

帰巣本能を利用し通信文を届けるのだという。

「風向きや風速、鳥の群れや天敵に出くわさないなどの条件にもよりますが、一時間で約七十キロメートルの速さで飛ぶことが可能です」

「えっ、そんなに速いの！」

「はい。ですから、うまくいけば一、二時間以内に到着いたしますよ」

隊長は通信文を円筒に入れ、鳩の足に括り付けて空高く放った。

「これで陛下もご安心できるでしょう。さて、我々も鳩を追うことにしましょう」

ところが、迂回した経路は想定外の悪路だった。大小の石があちらこちらに転がっている。馬車の車輪の溝にそれらの石が食い込み、取り除くためにたびたび馬車を止めなければならなかった。

「おかしいですね」

ミレイユの向かいに座るグレースが眉を顰める。

「以前この道を通ったことがあるのですが、これほど石はなかったはず……」

次の瞬間、馬車が左に大きく傾き、ミレイユの体もぐらりと揺れた。グレースとともに左側に体を押し付けられる。

「きゃっ！」

「ミレイユ様！」

そのまま転倒するかと思われたのだが、馬車は四十五度の姿勢でピタリと止まった。

「な、なんなの⁉」

「ご無事ですか！」

駆け付けた騎士たちが右側の扉を開け、ミレイユから順に引っ張り上げてくれた。

「穴に車輪がはまってしまったようです」

「穴？」

馬車を振り返ると確かに車体がぽっかり空いた穴にはまっている。更に、車輪がひとつ衝撃で外れてしまっていた。

同じく救出された御者が「どうもおかしいんです」と頭を掻いている。

「あの穴、地面にしか見えなかったんですよ」

「……」

騎士の一人が何に気付いたのか、穴に歩み寄り手を突っ込む。

「隊長！　こちらをご覧ください！」

騎士は一枚のボロ布の端を握り締めていた。道路と同じ色で見分けがつきにくい。

「恐らく穴に被せておいたのでしょう。明らかに馬車を落とそうとして掘った穴です」

隊長と呼ばれた騎士の表情がたちまち緊張した。

「もしや盗賊の仕業か？」

「この界隈は領主の警備の目が行き届いており、治安はいいと聞いていたのですが……」

「その領主の名は」

「マレル家ですね」

ミレイユは聞き覚えのある名に首を傾げ、すぐにポールの姓だったと思い出した。

（えっ、ポールさんの？）

アンヌと同じ栗色の髪にエメラルドグリーンの瞳を思い出す。

なぜか不吉な予感にかられ、その場に立ち尽くしていると、背後から声を掛けられた。

「失礼！　どちらの馬車だ。家名を教えていただけないか？」

聞き覚えのある声だった。

（……ポールさん）

ポールは実家に帰省中だったようで、乗馬用の軽装で馬に乗っている。ポールもミレイユに気付き、「おや」と目を見開いた。

「これは、これは。クレーヴ家のミレイユ様ではございませんか。なぜこのようなところに？　しかも、数多くの騎士と侍女を引き連れて。……まるで王妃のような待遇ですね」

極秘にエドアールと婚約し、今後王宮で暮らすことになるので、一時的に里帰りしていたなどとは口外できるはずもなかった。

グレースがさり気なくミレイユの前に出て立ち塞がる。

「ミレイユ様は体調を崩されまして、心配された陛下が手配されました。近頃盗賊が出ると聞きましたので……」

ポールは「なるほど」と呟き、それ以上追求しようとはしなかった。

「いずれにせよお困りのようですね。少々お待ちいただけますか。代わりの馬車を用意させましょう。そちらのように最新式というわけには参りませんが」

隊長が「それはありがたい」と目を輝かせる。

「マレル家のポール殿の申し出なら間違いないでしょう」

「もしよろしければその間我が家で休憩いたしませんか。軽食を用意いたしますので」

「や、これはありがたい」

ミレイユとグレース、護衛の騎士たちは、マレル家の屋敷に招かれもてなしを受けた。

ただし、半数の騎士たちは持参の食料を口にしている。これはどちらかのグループが万が一食中毒にかかった際の対処だった。

ミレイユもなんとなく気が進まず、ポールの用意した食事には手を付けなかった。グレース も同様だった。

「おや、口に合いませんでしたか？」

ポールに声を掛けられ「申し訳ございません」と謝る。

「今朝たくさん食べたので、まだお腹が一杯で……」

「なるほど。気分が悪いということですか。これはこれは、気が利かず申し訳ございませんでした」

「……」

口調に毒が含まれている気がした。

「それでは、冷やした果汁はいかがでしょう。酸味があり飲みやすいと思いますが」

「ああ、じゃあ一口だけ」

（やっぱりポールさんは苦手だわ。いくら私が田舎っぽくて王妃に相応しくないからって、エドに嘘を吐いてまで引き離そうとするなんて）

あの嘘が一因となって誤解に誤解が重なり、エドとすれ違う羽目になったのだ。今回助けられたのでトントンだと自分に言い聞かせたが、やはりポールへの不快感は解消されなかった。まもなく錫のグラスに注がれた果汁が運ばれてきたが、怒りが消えずに飲む振りった。

軽食を取って一時間後、ミレイユたちはポールに礼を述べて、マレル家を発つことになった。

馬車はポールが用意したものである。旧式だが剣も槍(やり)も矢も通さぬ外装とのことだった。もともと戦地を走行するための馬車で、安全を重視しているので窓も小さいのだという。

「こちらの馬車ですが、内装の長椅子が一脚壊れておりまして、ミレイユ様しかお掛けになれないかと……」

グレースが「私でしたら構いません」と首を振った。

「馬に乗れますので、一頭貸していただけますか」

「ええ、もちろん。さあ、ミレイユ様、お乗りください」

ミレイユはグレースに促され、早速馬車に乗り込んだ。

窓が小さいからか陽の光が入りにくく薄暗い。火の点(とも)ったランプが置かれていたが、油が切れかけているのか、灯りは弱々しく足元がよく見えなかった。

目を凝らして後方の長椅子に腰を下ろす。

(あら、椅子がなんだかぐらぐらしているような? でも、もうちょっとで王都だし我慢ね。馬車を貸してもらえただけでもよかったもの)

「出発!」

外から隊長の声と応じる騎士らの声が聞こえ、同時に馬車が馬の軽い嘶きとともに動き出した。

（やっぱり椅子が揺れるわ）

具合が悪く座り直そうと、手すりに摑まりつつ立ち上がる。

ところが、ミレイユの足が踏んだものは、床ではなくぽっかり空いた深く暗い穴だった

「……えっ⁉」

態勢を立て直す間も悲鳴を上げる間もなかった。

前のめりに落ち体が底に叩き付けられる。更に上から何かが被さり辺りは更なる闇に包まれた。

「う……」

馬車が走り去る音が聞こえる。

何が起きたのかもわからぬまま、ミレイユは意識を失った。

——代々の国王の執務室は以前比較的簡素なものだった。これはエドアールの祖父と温厚王と呼ばれた父ロベールの趣味だ。

ところが、簒奪者である叔父のハロルドは派手好きだったのか、あるいは臣下への示威行為のつもりだったのか内装を一新した。

エドアールが王宮に戻ったばかりの頃は、部屋中に黄金の額縁入りの絵画がかけられ、机と椅子の脚には蔦(つた)の浮き彫りの上に金張りが施され、金糸、銀糸を織り込んだ絨毯が敷かれと、とにかく仰々しく目がちかちかした。

エドアールはロベールと同じく簡素な調度品を好む。とはいえ、こうした贅沢品は製作に携わる職人や卸売商人、更にその部下や使用人らに仕事を与え、経済を回すので否定しない。とはいえ、やはり目がちかちかするので、ひとまず絵画は三枚に減らした。どれも風景画でミュラの葡萄畑に少々似ていた。

エドアールはそんな執務室の椅子に背を預け、机の上に積み上げられた書類の山を読んでいた。

（……なるほど。ポールはアンヌ嬢とそんな関係があったのか）

鋭く目を光らせる。

ポールに陛下と別れろと迫られた挙げ句、手切れ金を提示されたとミレイユに聞かされ、なんのためにポールがそんな真似をしたのか、間諜(かんちょう)に命じて調査させていたのだ。

諜報員らは優秀で、ポールがいつどこでどのように生まれ、どのように育ったのか。宮廷での仕事ぶりから私生活、交友関係、先日購入した書物の題が何かまですべてを洗い出した。

結果、思い掛けない事実が判明したのだ。

また、アンヌの調査報告書も手元にあった。

それまで、アンヌについては好きも嫌いもなかった。少々態度が馴れ馴れしいと眉を顰めていたくらいだった。

確かに生家はシャストネ公爵家だが、有力貴族は他にもまだまだいる。ゆえに、大勢いる令嬢の一人に過ぎなかったのだ。

ところが、彼女のそれまでの言動を知るにつれ、呆れかえってしまった。

さて、この二人をどうしたものかと書類を伏せる。

(恐らく僕の手紙をねつ造したのはポールだ。……裏でアンヌ嬢が糸を引いているのだろう。だが、証拠がない。状況証拠としてはポールしか有り得ないが、それだけでは言い逃れられるだけだろう。手元にある偽の手紙も証拠としては弱い)

ポールはくせのない読みやすい字を書くので、公文書を書かせるのに重宝していた。また、自分の書きぐせをよく知っていた。下書きで書いたものを清書させていたからだ。

また、公私の手紙の受領や発送もポールの担当だった。ポールならミレイユからの手紙を握り潰し、逆にミレイユへの手紙を留め置き偽の手紙を送ることもできる。

(それにしても大胆な犯行だな。僕とミレイユが顔を合わせ、事実の擦り合わせをすれば、

事が明るみに出る可能性は高いだろうに）

ポールとしてはミレイユに自分に近付くなと警告することで、危機を回避したかったのだろうが、それも大分危うい作戦に思えた。ミレイユは自分が王妃に相応しくないので、遠ざけたかったのだろうと解釈しているが――

ともあれ、調査は続けなければならないと頷く。

すべてが明らかになり確実な証拠を握るまでは、何も気付いていない振りをして、間諜に密かに監視させつつ泳がせるつもりだった。

執務室の扉が叩かれたのは、その後百ページに亘る外交文書を読み込み、署名をし、印章を押した直後のことだった。

「誰だ？」

廊下の召使いが訪問者に代わって答える。

「ショーヴラン卿がいらっしゃいました。陛下とお話をされたいそうで……」

「入れ」

ショーヴラン卿は「やあやあ」といかにも好々爺と言った笑みを浮かべた。

「お忙しいところを失礼します」

「何用だ？」

「ええ。お嬢さんの後見人となる手続きが終わりましたので、早速ご報告をと思いまして。

なんとか婚約発表に間に合いましたね」

「……そうか」

胸に喜びが込み上げる。ようやくミレイユと名実ともに結ばれ、世間に認められるのかと思うと嬉しかった。

「立っているのも疲れるだろう。そこに座れ」

片隅の長椅子を視線で指し示すと、ショーヴラン卿は遠慮なく腰を下ろした。

「陛下、これは世間話と思ってください。お嬢さんのどこに惚れられたのですかな？　やはりあの可愛らしいお姿ですか？」

「……その件とこの件となんの関係がある？」

ショーヴラン今日はふぉっふぉっふぉっと笑った。

「何、好奇心ですよ、好奇心。この年になると若者の色恋沙汰が楽しくてならないのです。それに、陛下もお嬢さんを思う存分のろけたいのではありませんか。ですが、宮廷では鼻の下を伸ばしたお姿を見せられないでしょう。今は一分の隙も見せられたくない時期でしょうから。この爺はすぐに忘れてしまいますので問題ございません。何せ、年ですからな」

エドアールはまったく食えない男だと苦笑しつつ、「そうだな……」とミレイユの天使の笑顔を思い浮かべる。

「どこがと問われても困るな。喜ぶ顔も、怒った顔も、泣いた顔も、笑った顔も皆愛しているから」

ショーヴラン卿は目を瞬かせ、ぱたぱたと手で顔を仰いだ。

「これは、これは……当てられましたな。いや、私も昔はそんなものでしたか。……うむ、そんなものでしたな」

「それから、頑張り屋のところもか。ミレイユは勉強が……というよりは、一所でじっとしているのが苦手なんだ」

「おやおや」

「ところが、まだ子どもの頃に僕と話したいからと勉強してくれたようでね。最近では王妃になるのだから教養を身に付けたいと歴史書を全巻熟読したんだ。しかも、内容をよく覚えていた。自覚がないのかもしれないが、記憶力がいいのだろうな」

思えば昔からそうだった。

ミレイユがまだ十歳ほどの子どもの頃、自分とお喋りしたい一心で、ほんの数週間でそれまでの勉強の遅れを取り戻したと聞いたことがある。並の子どもの頭ではまず不可能だ。ところが、当のミレイユは自分の異常な記憶力を特別なことだと捉えていなかった。

恐らくピエール城の使用人たちも気付いていない。葡萄を中心に生活するのんびりしたミュラの風土では、勉強はさほど重要だと捉えられていなかったのだろう。アンリが好きなようにさせていたのもあるに違いなかった。

だが、領民たちはミレイユの有能さを察していた。専門家を派遣するに当たって現地で聞き取り調査をさせたところ、「お嬢様がこの土地の葡萄とワインの醸造に誰よりも詳しい」――そう評価していたのだ。だからこそ、領主としてとんと頼りにならぬシャルル・オレリー夫妻に、ミレイユが領地の運営に関わるよう約束しろと迫ったのだと。

異様な記憶力の他にもうひとつ、ミレイユには少々人と違ったところがあった。

先日、ミレイユが図書館で片隅の長椅子で歴史書を読んでいた際、何度か声を掛けてみたのだが、夢中になってまったく気付かなかった。

恐らく、集中力が卓越しているのだろう。自分の興味のあること、勉強しようと決めたことに対してだけ、その能力が発揮されるのだと思われた。

しかし、いくら集中しているとは言え、一時間、二時間、三時間、五時間経っても同じ姿勢のまま。しかも飲み食いすらしなかったので、さすがに放っておけずに肩を叩いたのだった。

『ミレイユ、そろそろ五時になるよ。お腹が空いただろう？　一緒に夕食を取ろう』

『ううん、もうちょっと待ってくれる？　あと三ページで終わるから……』

ところが、長時間かたい椅子に腰掛けていたからだろう。さすがに肩や足腰が痛くなったらしく、書物を手にしたまま呻き声を上げて机に突っ伏した。

『ううう、足と背中が痛い……』

『ほら、無理をするからだ』

『でも、あとちょっとなのに……』

『じゃあ、こうしようか』

『ひゃっ』

小さな体をひょいと抱き上げ、まずは自分が長椅子に座り、膝の上にミレイユを横に載せ細い背に手を添える。

『人間クッションだ。これで背も足も痛くならないだろう』

『い、痛くないけど……』

ミレイユは丸を帯びた白い頬を薄紅色に染めた。

『エド、これじゃ覚えられないわ。心臓がドキドキしちゃうもの』

――ショーヴラン卿が「なるほど」と頷く。

「これは将来が楽しみですなあ」

その首の動きにリズムを合わせるかのように、再び執務室の扉が二度叩かれる。

「おやおや、千客万来ですな」

今度はエドアールの側近のひとりだった。もちろん、ポールではない。顔色が青ざめ緊急事態なのだと察せられた。

「何があった？」

「はい。急ぎお知らせしたいことが……先ほどバティスト隊長殿の放った伝書鳩が二羽戻りました。まず、ミレイユ様ご一行が王宮までの経路を変えると。……マントンの石橋が倒壊していたそうです」

「なんだと」

マントンの石橋は半年前架けられたばかりで、最新式の技術を応用していたはずだった。今後の石橋の標準となるかも知れないため、エドアールも管理報告書には毎度目を通している。だが、倒壊の前兆があったとの報告は聞いていない。

石橋を渡れなくなったとなると、迂回しマレル家の領地を経由する必要がある。

嫌な予感がした。

「現在、ポールは休暇中だったな」

「は、はい。事はそちらの間諜からも報告がございまして、地元のゴロツキと接触しているようだと」

「二羽目の鳩の通信文の内容は？」

「……ミレイユ様が失踪されたそうです」

思わず机に手をついて立ち上がる。

「失踪だと？」

「は、はい。馬車から忽然（こつぜん）と姿を消していたそうです。侍女が休憩を取る際気付いたそうで……」

護衛の騎士を二十四人付けたというのに、なぜそんな事態になったのかと唸る。

（……まさか）

ピンと来るものがあった。

「ミレイユたちがマレル家に立ち寄ったのか？」

側近の目が大きく見開かれる。

「その通りです。馬車が故障し、代車を借りられたそうで……」

吸い込まれそうな瑠璃色の瞳が鋭く光る。背後で目を白黒させるショーヴラン卿をよそに、エドアールは側近に有無を言わせぬ声で命じた。

「全土に鳩を放ち、各地の領主、有力者どもに連絡を取れ。今すぐにだ」

「ははっ！」

――懐かしい夢を見た。

エドアールに指輪を贈ったあの日の夢だ。

まだエドアールがミュラにやって来てまもなくの頃、ミレイユはエドアールをよく外へ連れ出していた。心を閉ざした暗い目をしていたので、なんとか元気になって笑ってほしかったのだ。

そんなエドとともにクローバー畑を訪れたことがある。

葡萄畑となる新たな土地を開墾後、よく耕しクローバーを植えると、その後の葡萄の木の生育がよくなる。だから、四月から五月の最盛期には、そうした土地に一面に白い花が咲いた。

ミレイユは上機嫌で白い花を摘み、早速花冠を編んでいたが、不器用なのもあって苦戦し、途中で分解してしまいべそを掻いていた。

『どうして何度やってもうまくできないの？』

お伽噺に登場するお姫様が被るような、可愛い花冠を作りたかったのにとがっかりした。

『花冠って結構難しいからな。ちょっと貸して』

エドアールは作りかけの花冠を受け取ると、新たに白い花を摘みつつするすると続きを編んでいった。

『わあ、エド上手。練習したの？』

『いや、これが初めてだよ。でも、コツを摑めば簡単だ』

『すごおい』

エドアールはどんなことでも一を聞いて十を知り、初めからうまくこなしてしまう少年だった。

『ほら、できた』

花冠はバランスよく仕上がっており、ミレイユは一目で気に入り目を輝かせた。

『すごく綺麗！』

エドアールが「はい、どうぞ」とミレイユの頭に花冠を載せてくれる。

『えっ、いいの』

『僕が被っても仕方ないからね。うん、可愛い。ミレイユは白い花が似合うな』

エドアールの唇の端がわずかに上がる。

（あっ、エドが笑った！）

花冠をプレゼントされたことはもちろんだが、エドアールが笑ってくれたのですっかり嬉しくなった。

『ありがとう！　すごく嬉しい！』

ぜひともお礼をしなければと頭を捻る。

（でも、私は花冠を編めないし……）

何かないかとクローバー畑を見回す間に、ある名案を思い付いて目を輝かせた。

『ちょっと待っていてね。今お返しするから！』

花冠を被ったままクローバー畑に這いつくばって目を凝らす。

『ミレイユ、いいよ。お返しなんて。ほら、ドレスが汚れるよ』

『でも、どうしてもエドにあげたいの！』

『だったら手伝うよ。何を探しているんだい？』

『内緒だから一人でやるわ！』

それから三十分ほどクローバー畑に目を凝らしていたが、やがて「あった！」と叫んでアクアマリンの瞳を輝かせた。

『ねえ、エド、目を瞑（つぶ）っていてくれる？　左手を差し出して』

『うん？　何かくれるのかい？』

差し伸べられた左手の薬指に、あるものの茎を巻き付ける。

『目を開けて！』

『……これは』

ミレイユが探していたものは四つ葉のクローバーだった。茎が指輪の腕、四葉部分を宝石に見立ててエドアールに贈ったのだ。

『クローバーのコンヤク指輪！　これでエドは私とコンヤクしたことになるのよ。昨日読んだ本にそう書いてあったんだから。それにね、四つ葉のクローバーって持っていると幸せになれるのよ』

『……見つけるのは大変だっただろう？』

ミレイユはえっへんと胸を張った。

『だって、私からエドにケッコンしてって言ったもの』

『……』

エドアールが何かを堪えるように目を逸らす。ミレイユにはその表情が泣き出しそうに見えた。何をしでかしてしまったのかと焦る。

『エド、どうしたの？　どこか痛いの？』

『いいや、どこも痛くない。……ありがとう。すごく嬉しいよ』

エドアールがまた唇の端を上げて微笑んだ。

『あっ！　エドが笑った！』

ミレイユも声を上げて心から笑った。

エドアールの笑顔こそがミレイユの幸福だった。


——頭と手の平、膝がズキズキと痛む。

「う……」

ミレイユは顔を顰めつつ辺りを見回した。だが、闇に閉ざされており何も見えない。

（ここ、どこ？）

小刻みな揺れには覚えがあった。

（……馬車の中？）

体を起こそうとして違和感を覚え、すぐに手首を拘束されているのだと気付いた。バランスが取れずにうまく立ち上がれない。思わず悲鳴を上げかけたが、猿ぐつわを嚙まされておりそれも敵わない。

（どっ……どうして？　一体何が起こったの？）

馬車の床がなんの前触れもなく抜け、穴に落下したところまでは覚えている。

（どうしてあんなことが……初めから細工でもされていないと有り得ないわ）

混乱するミレイユの耳に、二人の男の会話が入った。

「港まであとどれくらいだ」

「そうですねえ、後二、三日くらいでしょうか。ところで旦那、あの女、一体何者なんです？　随分べっぴんでしたよね。ちょっとくらい摘まみ食いさせてもらってもいいんじゃありませんか？」

「……考えておこう」

「へへへ……色よい返事をお待ちしていますよ」

（この声は……）

　一方はまったく知らない男のものだが、もう一方の悪意のこもった口調には聞き覚えがあった。知らず背筋がひやりとする。

　直後に、馬車が停車し揺れが止まり、扉の軋む音がしたかと思うと、狭間から光が差し込んできた。

　眩しく思わず瞼をかたく閉じる。

　それでも、声の主を確かめなければと無理矢理目を開け、予想通りの人物が顔を覗き込んでいたので思わずその名を呟いた。

「ポールさん……」

　ポールはランプを床に置いた。続いてミレイユを乱暴に抱き起こすと、顎をぐいと摑んで革袋に入れた水を飲ませる。

「……っ」

　うまく飲み込めずに気管に入ってむせ返る。ポールは苦しげなミレイユに冷酷な眼差しを向けた。

「おとなしく飲んだ方がいい。次いつ口にできるかわからないのだからな」

「ぽ、ポールさん、あ、あなたは……」

　攫われた上に自由を奪われているのだ。恐ろしくて泣き出したくて堪らなかったが、気力を振り絞ってアンヌに似たその顔を睨め付ける。

「一体何をするつもりなの⁉」

思い掛けずミレイユが元気で反抗的で、アクアマリンの瞳に生きる力が宿っていたからだろうか。ポールが一瞬怯んだように見えた。

「……まったく、さっさと引き下がってくれれば、こうも手荒な真似をせずに済んだのだがね。……なぜ陛下を諦めてくれなかったんだ。君さえ諦めてくれれば、私はこんなことをせずに済んだのに」

「……っ」

手の指の爪先がぐっと頬に食い込む。痛みに顔を顰めるミレイユに、ポールは「君のせいだ」と詰め寄った。目に激情の炎が燃え上がっている。

熱く酒臭い息が掛かり、相当飲んでいるのだと気付いた。

「地方貴族風情が陛下のおそばに侍（はべ）るなど……。あの方に相応しい女性はアンヌ様以外有り得ないというのに」

「あ、アンヌ様？」

脈絡もなくアンヌの名が出たので戸惑う。

一方、ポールは吟遊詩人のように、アンヌの類（たぐ）い希（まれ）なる美しさや気品や教養の深さ、誇り高さについて語った。

「アンヌ様はエルスタル一の令嬢だ。私に目を向けてくださったのはあの方だけ。父も、母も、兄も皆私を家の恥だと罵った……」

目がとろりと蕩けている。

狂信者のそれにしか見えず、ミレイユはぶるりと身を震わせた。

「ぽ、ポールさん、どうかしっかりしてください。あ、あの、水を飲んだ方がいいんじゃ……」

「黙れ」

ポールは獣にも似た唸り声を上げた。

「私は、アンヌ様の恩に報いねばならないのだ。それゆえ、どんな非道も躊躇うべきではない」

ミレイユは目を瞬かせた。

ポールが何を言っているのか意味不明だったが、身の危険が迫っているとは感じたので、必死になって話を逸らし、宥めようと努めた。

「お、恩ってなんですか？　そういえば、ポールさんはアンヌ様と親戚でしたね。あっ、幼馴染みだったんですか？」

「私たちの関係はそのような俗な物ではない！」

「やっ……」

大人の男に怒鳴られると反射的に身が竦む。アンリやエドアールの優しさしか知らなかったたけに衝撃的だった。

（怖い……。エド、エド、助けて……）

それでも、ぐっと歯を食い縛って感情が決壊しそうになるのを抑える。

（ううん、エドはここにはいない。今頃きっと心配している……。ここで私に何かあったら、エドは絶対に苦しむし悲しむ。自分のためだけじゃない。エドのために頑張るのよ）

必ず無事に帰らなければならない――その一心で言葉を続けた。

「じゃ、じゃあ、どんな関係なんですか？　兄弟みたいなものとか？」

「アンヌ様がいなければ、私は一生惨めなままだっただろう」

ポールの言葉は支離滅裂だった。似たような言い回しを何度も使う。

「だから、私は、あの方の願いはすべて叶えなければならない。そうでなければまた見捨てられてしまう」

「あ、アンヌ様は見捨てたりするような方ではないでしょう？　あんなに優しそうなんですし……」

ポールが不意に口を噤んだ。

（あら？）

どうしたのかしらと首を傾げていると、先ほどまでエメラルドグリーンの瞳に燃えていた激情が、みるみる勢いを失い消えかけている。

「私は……後悔などしない。この身がどうなろうと、罪を犯して裁かれようと、あの方さえ幸福であれば……。私にはこうすることしか……」

「あ、あの、ポールさん?」

ポールはふらりと立ち上がると、ふらふらと扉の向こうに姿を消した。

(な、なんだったの?)

狐(きつね)に摘まれた心境で見送るしかなかった。

こうして再び一人きりにされたものの、ポールが酔って扉を開けっぱなしにしていたので、再び薄闇に怯えずに済みそうなのが幸いだった。更にポールに詰め寄られたのがショック療法になったのか、妙に落ち着いたので現状を整理する。

(私、ポールさんに攫われたのよね。それで、ポールさんはアンヌ様のためだって言っていた)

いくら田舎育ちで色恋沙汰に疎いミレイユでも、さすがに悟らざるをえなかった。とはいえ、悟ったものの理解はできなかった。

(つまり、アンヌ様もエドが好きで、結婚したくて、私を引き離そうとしたってこと?)

「どうしてそんなこと……」とつい口にしてしまう。

(私だって、エドが他の誰かを好きになったら……すごく嫌よ)

だが、相手が家族であれ、伴侶であれ、恋人であれ、友人であれ、人の心を縛ることなどできないのだ。

だから、エドアールがアンヌに心変わりをしたと聞いて、納得できず問い質そうとしたものの、手切れ金を渡すほど嫌われたのならと身を引こうとした。

（私がいなくなったからって、エドと結婚できるとは限らないのに……）

ミレイユはアンヌのエドへの気持ちが恋ではなく、プライドの高さゆえの執着なのだとは思いもしなかった。自分は「大好き」がエドへの気持ちのすべてだったからだ。

（とにかく、逃げなきゃ……）

壁を支えにして立ち上がる。

扉に近付き恐る恐る狭間から顔を覗かせると、見ず知らずの夜景が広がっていた。

馬車はその通りの脇に止められている。真横には経営中の酒屋があった。

王都ともミュラともまったく違う造りの街だった。

「……ここ、どこ？」

（ポールさん、ここで飲んでいるのかしら？）

ミレイユは辺りを見回した。

住宅や商店らしき建築物が所狭しと建ち並んでいるが、全体的に屋根は赤茶で壁は白く、細長く高い。どの建築物にもランプが複数吊されており、夜だというのに眩しいほどだった。

道路も建築物に合わせたかのように細く、何人もの酔っ払いや派手な身なりの女が彷徨いている。女連れでその腰を抱き寄せている男もいた。

夜の空気中に色濃く漂う、生々しい欲望のにおいに一歩後ずさり、身を隠そうと奥へ引っ込む。

（なんだか怖い……）

ところが、足音を立ててしまったのか、通行人の一人がミレイユに気付いて立ち止まり、ひょいと中を覗き込んだのだ。

「おっ、なんだ、この馬車。って……おいおい、見ろよ」

二人の男が無遠慮に馬車の扉を開け放つ。どちらも赤ら顔で寄っているのが明らかだった。

「おっ、こんなところに囚われの可愛こちゃん。随分身なりもいいじゃないか。何々、これってご褒美ってやつ？」

男のひとりが馬車に乗り込む。

「いや……来ないで……」

「そう頼まれると行きたくなるのが男ってやつでね」

男はミレイユに伸し掛かった。息がポールと同じく酒臭い。

「や、やめて！」

エドアール以外の男に触れられたくなかった。

「おー、おー、可愛いねえ。大丈夫、大丈夫、すぐに気持ちよくなるから」

ドレスの襟元に手を掛けられ、瞼を固く閉じた次の瞬間のことだった。男の肩に何者かの手が掛けられたかと思うと、その体が勢いよく後方に吹っ飛んだのだ。

「えっ……」

「……下郎が」

前髪も上着も乱れたポールだった。また飲んでいたのか、左手には酒瓶が握り締められている。

「ぽ、ポールさん……」

先ほどの二人の男は揃って怪我をしたのだろうか。背後からは「痛え、痛えよお」と悲鳴が聞こえたが、這々(ほうほう)の体(てい)で逃げ出したのかその声もまもなく聞こえなくなった。

「あ、ありがとう、ございます」

自分を誘拐したのはポールだが、助けてくれたのも事実なので、取り敢えず礼を言う。

一方、ポールはなぜかその場に立ち尽くし、穴が空くほどミレイユを凝視していたが、やがて頭を抱えて蹲った。

「アンヌ様、やはり無理……無理です。女性を犯して殺すなど私にはとてもできない……」

犯すだの殺すだの物騒な単語にぎょっとした。

「ぽ、ポールさん、今なんて言いました？　アンヌ様は私に何をしろと命令したんですか？」

だが、ポールはブツブツと独り言を呟くばかりで答えてくれない。やがて、ゆらりと顔を上げたかと思うと、「そうだ、そうすればいい」と唸った。

「もっと遠くにやってしまえばいいんだ」

ミレイユは話が見えずに目を瞬かせた。


その後、ミレイユは再び馬車に閉じ込められ、どこへ連れて行かれるのかわからない、命を奪われるかも知れない恐怖に耐えなければならなかった。

灯りのない中では時間の感覚もなくなる。緊張で空腹なのもわからなくなり、誘拐されて何日経ったのかわからなかった。

その間、逃げる機会はまったくなかった。扉には鍵が掛けられたのか、体当たりしてもびくともしなかった。

再び光を見ることができたのは、心身ともに疲労して眠りに落ち、ちょうど目が覚めた時のことだった。

軋む音を立てて扉がゆっくりと開けられる。差し込んでくる陽の光が眩しく、思わず手を翳（かざ）そうとして、縛られているのに気付き我に返った。

「降りるぞ」

ポールに声を掛けられ飛び起きる。

（外に出られる……!?）

ポールはミレイユを抱き起こすと、縛られた手首を隠すように手ぬぐいを掛けた。

罪人を連行するように背後に立ち、「前に進め」とミレイユを追い立てる。前にはポールの手下と思（おぼ）しき男二人が回り込んだ。

（これじゃ逃げられないわ）

それでも、どうにか三人を撒けないかと辺りの様子を窺い、嗅ぎ慣れないにおいに気付いて顔を顰めた。ほんの少し生臭く、塩気のあるにおいだ。

（このにおい……何？）

ミレイユは内陸のミュラ育ちだったので、潮の香りなのだとは気付かなかった。海の存在こそ本を読んだり、エドアールに教えられたりで知っていたが、実際にどんなものなのかは知らなかったのだ。

異様なのはにおいだけではなかった。

同じように手首を拘束され、疲れ果てた顔で俯く少女を何人も見かける。中にはまだ十にもなっていないだろう子どももいた。揃いも揃って皆見目麗しく、近くに大人の男がいることだけが共通している。

いずれにせよ危険だと察し、抵抗しようとしたのだが、男三人がかりで監視され、押さえ込まれると敵わなかった。

（どうしよう。どうしたら……）

ずるずると引き摺られていった先には、山のような巨大な建造物がいくつも聳え立っていた。

（と、塔……⁉）

いや、塔ではないと目を凝らす。

それは港の船着き場に横付けされた、巨大な帆船のマストだった。

一際目立つ中央を中心に、前後に一段低いものが二本立っている。低いと言ってもピエール城のもっとも高い塔ほどはありそうだった。

どこまでも澄んだ青い空を背景に、汚れのない白い帆がはためいている。空より一段鮮やかさの落ちた見渡す限りの水面が、雲と錯覚しそうなその帆を映し出していた。

（これは……船？）

書物の挿絵で見たことがあるが、実物を目にするのは初めてだった。

船着き場には何隻もの帆船の前で、何人もの男たちがたむろしている。皆少々怪しげな風体だった。

その中の一人に円筒状の帽子を被った、異国人の商人らしき男がいた。ポールはその男の元にミレイユを連れて行った。

ポールに声を掛けられミレイユの姿を認めるなり、男は舐めるような目付きで胸元に視線を這わせた。

気持ち悪さにぞっとして身震いする。

(何……この人はなんなの⁉)

「×△□○⁉　×××⁉」

「○○□□×○×」

ポールが男と異国語を交わす。

ミレイユが目を白黒させる間に、話が纏まったのか男が大きく頷く。更に懐から何かが詰まった小袋を取り出し、ニヤニヤ笑いながらポールに手渡した。

ポールはその場で小袋を開き、手の平に中身を開けた。

――異国の金貨だった。しかも、エルスタルの金貨より遥かに大きい。高額の取引に使うのだろう。

ミレイユが目を見張る間に、ポールは部下と思しき二人の男に、金貨を「受け取れ」と差し出した。男の一人がニヤニヤ笑う。

「へへへ、やっぱりべっぴんは高値で売れるもんですね」

（う、売る…⁉）

異国の男に売り飛ばされたのだとようやく気付く。

もう一人の男も下卑た笑みを浮かべた。

「あんた、上玉だからなあ。うまくいけばスルタンに献上され、可愛がってもらえるかもしれないぜ。まあ、せいぜい腰振って頑張るんだな」

「スルタン……⁉」

スルタンとは異国の帝国の皇帝の敬称である。エルスタルから、ミュラから、エドアールから離れるなど冗談ではなかった。

「行け」

ポールに背を押されたものの全身全霊で暴れる。

「離してっ！　離してっ！　離してよーっ！」

「お、おい、こら暴れるな！」

途中、振り上げた右足が異国の男の股間にヒットし、男は呻き声を上げてその場に蹲った。

「この……！」

ポールに背後から羽交い締めにされ拘束される。それでも、ミレイユは暴れに暴れ、手を振り回してポールの頬を引っ掻いた。

「離してーっ！」

猫じゃらしにじゃれつく子猫程度の攻撃だったが、さすがに爪が目を掠ったのは痛手だったらしい。

一瞬だがポールの力が緩み、ミレイユがその胸から抜け出そうとした次の瞬間、「止めろ！」と凛とした声が港に響き渡った。

（この声は……）

まさかと目を見開いたのはポールもだった。

「そんな馬鹿な……」

数十メートル先から蹄が大地を踏み締める音とともに、王宮の騎士団――近衛隊らしき一団が現れる。すぐにそれとわかったのは、騎士のひとりが手にする旗に、王家の紋章のバラが織り込まれていたからだった。

先頭に立つのはまだ年若い青年だったが、馬に跨がり何人もの兵士を従えたその姿は、雄々しく猛々しく威圧感に満ちていた。

急所への痛烈な当たりに蹲っていた、異国人の男も息を呑んだほどだ。

海風に瞳の色と同じ瑠璃色のマントが翻る。

「……よくも僕の妻を攫ってくれたな」

エドアールは一人馬から降り立った。あの剣をすらりと引き抜き、ポールの眉間に切っ先を突き付ける。

ポールは「そんな馬鹿な」と呻いた。

「陛下、なぜここが……」

エドアールの鋭い眼差しがポールを射抜く。

「ポール、国王の権力を舐めていたようだな。お前だけではなくアンヌもか」

アンヌの名を出されポールが息を呑んだ。

「お前が自分が怪しまれた時点で、アンヌに繋がらないと考えなかったはずがない。……となると、次に取る行動も決まっているな」

「……っ」

ポールはミレイユを突き飛ばすと、腰に差していた剣を引き抜いた。

「きゃっ！」

前につんのめった勢いで、額を叩き付けられ悲鳴を上げる。

「あ、あいたたた……」

手で擦りつつ痛みを堪えて顔を上げると、エドアールとポールが距離を詰め睨(にら)み合(あ)っていた。

エドアールに――国王に反抗しようとするその態度に、ミレイユはさすがに息を呑んだ。

（ポールさん、どうしてそこまで……）

初めに切り込んだのはポールだった。

「あっ」

とんと地を蹴って跳躍し、エドアールの頭上に陽の光に煌めく刃を振り下ろす。

ミレイユが危ないと悲鳴を上げる前に、エドアールが手を掲げて同じ刃をもって防いだ。

エドアールの防御は強力だったようで、力を込めた分だけ反動もすごかったのだろう。

「くっ……」

ポールは跳ね飛ばされそうになったのだが、低く呻いて数歩下がった右足を支えにどうにか堪えた。

エドアールはその一瞬の隙を見逃さなかった、瞬時に攻勢に転じ剣を薙ぎ払う。

ミレイユはその一閃（いっせん）に息を呑んだ。

（お父様の剣より速い……）

いつかのエドアールの言葉が脳裏を過る。

『僕は復讐のために血を流さない。大切なものを守るための戦い方を覚えたいのです。……二度と誰も失いたくはない』

ポールの前髪の一部が切れ宙に散った。目に入ったのかポールの動きが鈍る。

エドアールは一歩前に踏み込み、今度はポールの鳩尾に切っ先を突き付けた。

「さあ、どうするポール」

　ポールは唇を噛み締めたかと思うと、首を横に振って剣を捨てた。両手を挙げ降参の姿勢を取る。

「……さすがは陛下。これ以上続けても無駄でしょう」

（よかった……）

　ミレイユは胸を撫で下ろした。エドアールが傷付いて血を流すのも、傷付け血を流させるのも、決して見たくはなかったからだ。

「潔いことだ」

　エドアールはポールの剣を遠くに蹴飛ばした。不意打ちを防ぐためなのだろう。

　ところが、ポールの武器はそれだけではなかった。懐に手を入れたかと思うと、短刀を取り出し鞘から引き抜いたのだ。

「エド！」

　もう一度危ないと叫ぼうとしたのだが、すぐポールの予想外の行動に絶句することになった。

　なんと、ポールは刃をみずからに向け、心臓に突き立てようとしたのだ。

　だが、エドアールはあの世への逃亡を許さなかった。見逃さずに剣でポールの利き手の甲を斬り付け、すんでのところで自害を阻止したのだ。

血が滴り落ち港を赤く染める。

「くっ……」

痛みに顔を顰めるポールに、エドアールは淡々とした声でこう告げた。

「この程度の痛みも耐えられぬのなら、死は更に耐えられぬだろう」

かつて信じていた者に裏切られ左胸を貫かれ、瀕死の重傷を負ったエドアールの言葉は、沈黙の落ちたその場の空気以上に重かった。

「ポール、同じ男としてはお前を死なせてやりたいと思う。だが、ミレイユの夫としては決して許すことができない。そして――」

吸い込まれそうな瑠璃色の双眸がポールを見据えた。

「国王としてはお前とアンヌを裁かなければならない。……だから、決して死なせはしない」

「……っ」

ポールはその場にがっくりと膝をつき、気力を失ったように瞼を閉じて項垂れた。

決闘後まもなくミレイユはエドアールに保護され、王宮に送り届けられたのち、すぐさま主治医に診察を受けることになった。

　怪我は擦り傷程度しかなかったのだが、エドアールは無理をするなと五月蠅く、主治医に「もう問題ございませんな」と太鼓判を押されるまでベッドに押し込められた

　その夜、主治医はベッドに横たえられたミレイユに目を向けニコリと笑った。

「もう何をされても結構ですよ」

　ミレイユが心配で堪らず、その日も寝室に押し掛けていたエドが、ほっと安堵の息を吐いた。

「よかった。何かあったらどうしようかと……」

　主治医は寝室を退出する間際、「ああ、そうそう」とエドアールを振り返った。

「今回、ミレイユ様は身籠もっていらっしゃいませんでしたが、今後は大いに可能性があるのですから激しい運動は控えてくださいませ」

「あ、赤ちゃん？」

　エドアールはベッドの縁に腰掛け、戸惑うミレイユの明るい金の巻き毛に手を埋めた。

「今回君が誘拐された原因だ。……責任の大半は僕にある。危険な目に遭わせてすまなかった」

　エドアール曰く、王妃となることを切望していたアンヌは、ミレイユが目当ての国王と夜をともに過ごしたことを知り、身籠もっていた場合放っておけぬと殺害の計画を企てたのだという。

「さ、殺害⁉」

物騒な単語に度肝を抜かれる。

「彼女はポールを使って僕の動向を逐一探っていたようでね。……自分の欲望のことしか考えられなかったのだろうな」

一連の事件の顚末はこうだ。

エドアールとの不自然なすれ違いも、ポールに誘拐され海外に売り飛ばされかけたことも、アンヌの野望から始まっていたのだという。

アンヌは前王朝から続くシャストネ家出身で、若く、美しく、教養高く、蝶よ花よと育てられ、この世で手に入らぬものはないと豪語するほど傲慢になった。

社交界デビュー以前から何件もの縁談があったそうだが、身分が低い、財産が少ない、容姿が気に入らないと片端から撥ね付けてきたのだという。

本来、貴族の結婚とは家同士のもので、子女の結婚は父親が決めることが多い。ところが、父親のシャストネ公爵はアンヌに甘く、お前が気に入らぬなら仕方がないと、娘の我が儘を聞き入れていた。

そんなアンヌにもたった一つだけ手に入らないものがあった。――エドアールとの結婚、すなわち王妃の地位だ。

アンヌは一年前エドアールが王宮に帰還、即位し、その戴冠式に出席した際一目でエドアールを気に入ったのだという。王妃の地位こそ私に相応しい。父親にエドアールに結婚したいと強請ったのだそうだ。

シャストネ公爵も若輩者で、後ろ盾のあやふやなエドアールなら、どうとでも操れると踏んだのだろう。また、娘を王妃にして外戚となり、王太子となる孫息子が生まれた暁には、政治の実権を握ることができるとも考えたはずだ。

そこでアンヌをエドアールの王妃にしようと画策したが、その企みはエドアールが思い掛けなく有能だったことで頓挫した。エドアールに逆にシャストネ家の宮廷での影響力を利用され、王権を強化するのに一役買ってしまったのだ。

シャストネ公爵は権力欲が強かったが、同時に時勢を読むのにも長けていた。分が悪いと悟るやさっさと作戦を切り替え、与えられた要職に力を尽くすことで、エドアールの信頼を得る方向に切り替えたのだ。

アンヌがすでに十八歳であるのにもかかわらず、求婚を断り続けてきたために、縁談自体が少なくなりつつあるのにも焦ったのだろう。もうエドアールは諦め、他の男と結婚した方がいいと勧めるようになった。

だが、アンヌは納得がいかなかった。生まれて十八年、すべてが思うままだったのに、もっとも欲するエドアールだけは手に入らない。頼りにしていた父の力も及ばない。なら、自分で手に入れようと決めたのだ。

初めは色仕掛けでエドアールを落とそうとしたのだという。それまでアンヌは自分の美しさに絶対の自信を持っていた。事実、宮廷に出入りする貴族の男たちは、皆こぞってアンヌを月だ星だ太陽だと褒め称えたものだ、

ところが、エドアールはアンヌに欠片の興味も示さなかった。

もちろん、令嬢として丁重に扱いはする。なのに、吸い込まれそうな瑠璃色の瞳には、なんの感情も浮かんでいなかった。

信じられなかった。

エドアールの態度は不当だと怒り狂い、なぜそんな態度を取るのかと探りを入れた。

内偵には自分の遠縁であり、エドアールの側近のポールを使った。

ポールはアンヌの生家シャストネ家に多大な恩があり、またアンヌに精神的に従属しており、意のままに操ることができたからだ。

長男、次男が優秀なのにもかかわらず、ぱっとしない三男は両親に冷遇され、愛と温もりと承認に飢えていた。シャストネ公爵はそんなポールを親族だからと受け入れた。跡継ぎとなる長男の側近にするつもりだったのだろう。

ところが、まったく役に立たずに長男にも見限られ、シャストネ家からも追い出されそうになったところを、アンヌが従僕としてならと気紛れに引き取ったのである。長身痩躯で多少見栄えがするから——たったそれだけの理由で。

たったそれだけの理由でも、ポールにとってアンヌは救いの女神であり、居場所を与えてくれた主人だった。あなたのためにならなんでもする。命を懸けてもいいと忠誠を誓った。

以降のポールはめざましい成長を見せた。アンヌ様のためにならと並々ならぬ努力をし、ついにはエドアールの側近に推薦されるまでになった。

私のすべてはアンヌ様のために――アンヌはそんなポールの気持ちを利用したのだ。

アンヌはポールにこう囁いた。

『ねえ、ポール。私、陛下をお慕いしているの。なのに、あの方は振り向いてくれなくて……。悪い女が陛下を誑(たぶら)かしているのよ。なんとかならないかしら？』

崇拝する女性に他の男への好意を打ち明けられ、ポールは一体どんな気持ちだったろう。

なんにせよポールはアンヌの手足となって働いた。側近の立場を利用してエドの私室に忍び込み、ミレイユからの手紙を盗み読んで恋人の存在を知ったのだ。

陛下にはミュラに思い人がいる――そう聞かされたアンヌは怒り狂った。すぐさまミレイユについて調査させ、知りうる限りの情報を入手した。

アンヌは当初ミレイユと会ったことがなかったため、所詮取るに足らぬ田舎娘と見下し、エドアールが熱を上げているのも物珍しさからに過ぎず、すぐに飽きると楽観視していた。

だが、たとえ一時であれ、自分以外の女がエドアールの寵愛(ちょうあい)を得、その腕に抱かれるのは許せなかった。

身の程知らずの田舎娘に罰を下さなければならない――

そこで、王都に滞在していたシャルル・オレリー夫妻に、人伝にフェリクスをミレイユと結婚させてはどうかと持ち掛けた。夫妻もフェリクスもすっかりその気になってくれたので、更に舞踏会で二人の婚約を公表して外堀を埋めたのだ。

ちなみに、大広間で着飾ったミレイユを目にした際、アンヌはその美しさ、可愛らしさに絶句したのだという。

『私より美しい女がいるなんて許せない。私ですらあんなに見事な金髪ではないのに』

これもミレイユを傷付けてやろうとした一因だった。

――ミレイユは思わず体を起こし、「信じられない……」と目を丸くした。

「アンヌ様が私を羨ましがっていたの？」

「ああ、そうだ」

「……私もアンヌ様が羨ましかったのに」

エドはミレイユの肩を抱き寄せた。

「人は皆そんなものかもしれないね」

――アンヌはミレイユをフェリクスと婚約させただけでは安心できなかった。

より確実にミレイユをエドアールから引き離そうと、フェリクスとの既成事実を作らせようとしたのだ。

そこで、やはり人づてにフェリクスに媚薬を渡した。ところが、エドアールに阻止されただけではなく、アンヌにとっては最悪の結果となったのである。

「アンヌは君が身籠もったかもしれないと不安になったそうだ」とエドは語った。

「ただでさえ愛し合っているのに、この上子ができたとなると、自分の勝ち目はなくなる――ならば、いっそ君を殺してしまおうと考えた」

しかも、女としてもっとも残酷な方法で。

「女として残酷な方法でって……」

ミレイユはそこから先を言葉にしなかった。できなかった。エドの胸に頬を寄せ心臓の鼓動を聞くことで恐ろしさを掻き消す。

「……あのね、エド。ポールさん、きっと迷っていたんだと思うの」

途中、立ち寄った街でポールがしたたかに酔っ払い、「女性を犯して殺すなど私にはとてもできない……」――そう呟き、苦しんでいたのだと打ち明けた。

「だから、許してあげてってわけじゃないけど、それだけは覚えておいてほしいの」

エドアールは何も言わずにミレイユを押し倒した。

「え、エド?」

目を瞬かせるミレイユの頬を撫でる。

「君は優しいね。きっとアンヌへの処分にも心を痛めているんだろう?」

その通りだったので黙り込む。アンヌに直接危害を加えられたわけでもないので、実感が湧かないのもあり後味が悪かった。

(だって、好きな人と結婚できなかっただけじゃない。見ず知らずの人のところにお嫁に行かなくちゃいけないなんて)

現在、ポールは王宮の監獄に収監されている。ミレイユ誘拐と人身売買の罪で、近く裁判にかけられる予定だった。懲役数十年以上、あるいは終身刑になることは確実で、家の恥だとすでにマレル家から勘当されているのだとか。

つまり、ポールは今度こそ本当に見捨てられてしまったのだ。

それでも、「すべて私が悪い」と言ったきり、言い訳を一切せず静かに日々を過ごしているのだという。エドアールとの決闘後のように自害しようとはせず、食事も睡眠もしっかり取っているのだとか。

「ポールは重い罪を犯したが、罪を償い、いつかは立ち直れる気がする。だが、アンヌは……」

エドアールは言葉を濁した。

「ポールは彼女につくせて満足なのかもしれないが、僕は裁かれた方が彼女のためになったのではないかと、そう思えてならない。甘やかすことだけが愛情じゃない」

——ポールが最後までアンヌを庇い続け、確固たる証拠も出なかったために、彼女は無罪放免で取り調べから解放された。

とはいえ、一度犯罪への関与を疑われた身である。ポールと同じく家の恥だとされ、厄介払いに遠縁の貴族の後妻として嫁がされることになったのだ。それも、三十歳以上も年上の老人に。

エルスタル随一の淑女だと自称し、王妃に相応しいと自称していた彼女が、果たして老人との田舎暮らしに耐えられるのかどうか——

「エド」

ミレイユは愛しい人の名を呼び、頬に手を当ててその美貌を引き寄せた。軽く口付け、「落ち込まないで」と囁く。

「今は私だけを見て。私もエドだけを見るから。だって、やっとエドのもとに戻れたんだもの」

「ミレイユ……」

エドアールはミュラの新雪を思わせる、ミレイユの喉元に唇を落とした。

「ひゃんっ」

つい奇妙な声を上げてしまう。

「な、なんだか食べられるみたい……」

エドは唇の端を上げながら、上着のボタンを外し、ベッドの下に投げ捨てた。

「ああ、食べようとしているんだよ。君が可愛いから悪い」

「そんな……やんっ」

フリルだらけの寝間着越しに胸を弄られ、すでに熱せられた吐息を漏らす。指先と手の平での刺激に頂がたちまちピンと勃ち、生地と擦れるごとにジンジンした。

「ミレイユ、辛そうだね。すぐに解放するから」

エドアールはミレイユの寝間着のボタンを外し、果物の皮を剝くように胸元をはだけた。大きく実った乳房がふるりとまろび出る。仰向けとなっていても弾力でひしゃげることもない。

「あっ……」

胸を責められる時はいつも恥ずかしい。なのに、止めてほしいとは思えず、むしろもっと弄ってほしかった。

膨らみ始めたばかりの頃は、重いわ揺れるわ脇腹が痛くなるわで、何をするにも邪魔だとしか思えなかった。今はエドに可愛がってもらえるので、この胸でよかったと思える。

エドは大きな手の平で白い胸を包み込んだ。

「君の体はこんなに小さいのに、胸は僕の手でも余るんだから不思議なものだ」

薄紅色に染まった左の頂に舌を這わせる。

「あっ……あっ……やんっ」

時折ちゅっと音を立てて吸われると、神経が繋がっているのか首筋がピリピリとし、足の狭間にある蜜口までもが反応した。

（お腹の奥が熱い……）

エドアールは両手で乳房を時にはやわやわと、時にはひしゃげるほど強く揉み込みつつ、その二つの頂を交互に音を立てて舐った。熱い舌が生き物となってミレイユの乳首に絡み付く。

唾液が頂とその週の肌を妖しく濡らし、窓から差し込む月明かりにぬらぬら光る。

「あっ……ふっ……あっ」

ちゅぷちゅぷと粘り気のある音がミレイユの耳を苛む。羞恥心と興奮が媚薬となって体中を駆け巡った。

（エドに触れられると……エドのことしか考えられなくなる……。頭の中が、ぐるぐる回って真っ白になって……）

エドアールはミレイユの体を腕の中で反転させ、背後からそっと花弁の輪郭をなぞった。

「やんっ」

思わずシーツを握り締める。

長く骨張った中指が爪先で花心を掻き、薬指は第一関節まで蜜口に潜り込む。敏感な二箇所に同時に与えられる強烈な刺激に、ミレイユはあえかな喘ぎ声を上げるしかなかった。

「んっ……あっ……んふっ……」

体の中でくちゅくちゅと音がする。胸の頂を吸われるより、より粘り気があり、よりいやらしい。

(体が、熱い……火にくべられたみたい……)

熱くなって全身がドロドロに溶けて、何も考えられなくなりそうだった。

(ううん、エドのこと以外、何も、考えたくない……)

エドアールが不意に指を引き抜く。

「あんっ」

内壁を擦られる感覚に軽く背筋が引き攣った。

エドアールはミレイユの体を再び反転させ、仰向けにすると脚を大きく開かせ、今度は前からその狭間に手を入れた。

蜜の絡み付いたエドアールの指が、ミレイユの花心をきゅっと摘まむ。

「やあんっ」

視界にぱっと火花が散った。

「君の体は相変わらず素直だね。もうこんなに反応して、もうこんなに濡れている」

エドアールはミレイユとの交わりで、すでに隘路の弱い箇所を把握しているらしい。時

折くいと指を折り曲げそこを突いた。

「あっ……はっ……あぁっ」

頭の中がどんどん白に染められていく。

「あっ……あっ……だ、だめっ……やっ……あんっ」

思わず秘所を苛むエドアールの手を掴む。だが、力がこもらず引き剝がせない。

エドアールは唇の端に笑みを浮かべ、ミレイユの頬に手を当てた。

「ミレイユ、僕の腕の中の君は、本当に可愛い」

「……っ」

ミレイユの耳にエドアールの言葉は届かなかった。快感にぼんやりしたアクアマリンの瞳は涙に満たされ、目の前の吸い込まれそうな瑠璃色の双眸だけを映し出していた。

「──ミレイユ」

不意に名を呼ばれエドアールを見上げる。

「君を、愛しているよ」

同時に蜜口に熱くかたい何かが押し当てられた。

次の瞬間、エドアールはぐぐっと腰を押し込み、一息にミレイユの隘路をその雄の槍で貫いた。

「あっ……ああっ」

体の内側からエドアールの熱に焼かれ、「熱い……熱いの……」と涙を流す。

エドアールは白い頬に零れ落ちたその一滴を、そっと唇で吸って耳元で囁いた。

「……これからもっと熱くなる」

その言葉に体の芯が更に熱を持った。

（私、いつからこんな風になっちゃったんだろう……）

ベッドとともに体が上下に揺さぶられる。豊かに実った乳房も同じリズムを取った。

（気持ち、いい……）

身も心もすべて快感に染め上げられ、正気を失いそうな感覚に酔い痴れる。奥を突かれると背筋が弓なりに仰け反り、背に回したエドアールの背に爪を立ててしまった。

「あ、ああ、エド……好き……」

恋する人とひとつになる感覚は、どこまでも甘く淫らだった。

エドアールが顔を歪め低く呻く。次の瞬間、体の奥に熱い何かが放たれるのを感じた。

「ああ……」

呆然とするミレイユにお構いなく、エドアールは熱をミレイユの体内に送り込もうとするかのように、より奥深くにまで腰を押し込む。

「……っ」

体の中ではまだエドアールの分身が脈打っている。ミレイユは心地よい疲労に身を任せながら、その太さと長さ、かたさを愛おしく思った。

同時に、激しい交わりを終えたばかりだからか、ふと寂しい気持ちになってしまう。

「ミレイユ、どうしたんだい？」

エドアールがシーツに零れ落ちた明るい金の巻き毛を掬い取って口付けた。

「うん……なんだか寂しくて」

「寂しい？　僕たちはもう夫婦で、同じベッドの中にいるのに？」

（なんて言ったらいいのかしら？）

ミレイユはもどかしく思いつつ、エドアールの頰に手を伸ばした。

「……あのね、私、エドが大好きなの」

子どもの頃と変わらぬ飾り気のない、真っ直ぐな愛の告白だった。吸い込まれそうな瑠璃色の双眸が見開かれる。

ミレイユは必死になって言葉を続けた。

「いつももっとそばにいたいと思って……。もうこんなに幸せなのに、私ったら我が儘なのね」

大好きなミュラの葡萄畑の四季の風景にも、陽の光にも空の青さにも雲の白さにもそれ以上を望まないのに、エドアールだけはもっとほしいと求めてしまうのだ。

「ミレイユ……」

エドアールは目を細めミレイユの唇に口付けを落とした。

「もっと近付ける方法がある」

「えっ……どうやって？」

「こうやってさ」

エドアールはミレイユとシーツの狭間に手を差し入れ、ぐっとその華奢な体を抱き起こした。たわわな乳房が大きく上下に揺れる。

ずるりと隘路からエドの分身が引き抜かれ、内壁の襞（ひだ）を擦られる感覚に、ミレイユの背筋にぶるりと震えが走った。

「あっ……」

虚ろになった蜜口からは、愛液とエドアールの迸りが入り交じった、淫らな液体がとろりと漏れ出た。

噎（むせ）ぶような吐息を漏らすミレイユを余所（よそ）に、エドアールはそのままベッドの縁に腰を下ろした。

「えっ……待って……」

ミレイユはバランスを取ろうと、反射的にエドアールの首と背に手を回した。直後にみずからの重みに耐えきれず、エドアールの上にどすんと腰が落ちる。

「ああっ」

ミレイユは目を見開き天井を仰いだ。ずっしりとした質量を持ち、いまだに体積を失わないエドアールの分身が、真下から隘路を一息に貫いたからだ。

「……っ」

串刺しにされる感覚にミレイユは大きく息を吐いた。

（まだ……奥が……あっただなんて……）

灼熱の屹立が子壺へと続く扉を小突いているのを感じる。確かに、体の更に奥深くでエドアールと繋がっていた。

「……ほら、もっと近付けただろう？」

エドアールはミレイユの腰に手を回した。

ミレイユはいつもエドアールに見下ろされていたのに、今回は十センチ程度だが視線が高いと気付いた。

吸い込まれそうな瑠璃色の瞳を見つめると、エドアールの熱い思いが星のように瞬いている。

エドアールもアクアマリンの双眸から目を離さない。もう互いの瞳の色と情熱だけしか見えなかった。

「エド……大好き」

ミレイユはエドを抱く手に力を込めた。

「世界で一番大好きよ」

「僕もだ。ミレイユ、君だけを愛している」


――今日はエドアールとミレイユの三度目の結婚式だ。

初めの結婚式は一年前のことで、ピエール城のミレイユの寝室で二人きりで。二度目は代々の国王が結婚式を執り行った、大聖堂で臣下一同と司教に祝福されて誓いを立てた。

そして、三度目の今回の式場はミレイユの亡き両親が眠る、ミュラの葡萄畑に囲まれた小さな教会だった。ミレイユが両親にも晴れ姿を見せたいと、前々からエドアールに頼んでいたのだ。

参列者は世話係のマリーや執事、使用人、ピエール城でエドアールとミレイユを見守ってきた人々だった。そして、父アンリと母ジャンヌの魂も――

ミレイユが身に纏う花嫁衣装は、そのジャンヌがアンリと式を挙げた際のドレスだ。総レースで流れるような線がミレイユの白い肌を引き立てていた。ヴェールはマリーが半年掛けて編み上げたものである。

晴れ渡ったミュラの青い空の下、参列者と葡萄の木々に祝福され、ミレイユは幸福の絶頂にいた。

ステンドグラスから差し込む七色の光を浴びながら、司祭に促され二人祭壇の前で向かい合う。

「では、誓いの口付けを」

エドアールは腰を屈めてミレイユに頬を寄せた。口付けの直前そっと耳元に囁く。

「ミレイユ、あらためてプロポーズするよ。……僕と結婚してくれないか?」

驚くミレイユを前に唇の端を上げる。

「初めにプロポーズしてくれたのは君だっただろう? だから、最後のプロポーズは僕がするよ」

「……!」

ミレイユは「もちろんです」の代わりに、アクアマリンの瞳を喜びに輝かせ、エドアールの唇にみずからのそれを重ねたのだった。

エピローグ

エドアールとミレイユの結婚から六年後、一台の馬車が丘の上のピエール城前に到着した。

今日は年に一度の里帰りの日だ。

一組の夫婦と赤子、二人の子どもが降り立ち、一面に広がる葡萄畑を見下ろす。覆い茂る緑の葉の狭間には、葡萄の熟した果実がたわわに実っていた。

「さあ、アデル、私たちのふるさとに帰ってきたわ」

美しい大人の女性へ成長し、すっかり落ち着いたミレイユが、胸の中の赤子の顔を覗き込む。

温かいおくるみの中の赤子の髪は朝日が差した大地を思わせる金茶色だ。エドアールによるとこの色は亡き父王ロベールと同じだという。

赤子、アデライドが母親の優しい呼び掛けにゆっくりと目を開ける。その瞳の色は南の海のような澄んだ水色だった。

ミレイユは今年生まれたばかりの娘の丸く柔らかな頬を突いた。

「ここはね、お父様とお母様が初めて会った場所でもあるの」

エドアールも愛児を見下ろし唇の端に笑みを浮かべる。その美貌は精悍さを増し、体軀も更に逞しくなっていた。

「もうすぐ葡萄の収穫期なんだよ」

夫婦が感傷に浸る中、退屈したのか年長の子ども、六歳前後の少年が城に向かって駆け出す。

「マックス、行こう！　一番高い塔まで競争だ！」

少年は父親から受け継いだ夜の闇そのものの真っ直ぐな黒髪と、太陽の光を固めたような琥珀色の瞳をしていた。亡きミレイユの父、アンリにそっくりの瞳だった。

少年の名はアレクサンドル。エドアールとミレイユの長男にして、エルスタル王国の王太子だ。

アレクサンドルが誕生し、ベッドに横たわるミレイユから抱き取った際、エドアールはその瞳を見るなり息を呑んだ。

『アンリ様……』

そう呟き喜びと懐かしさの涙を浮かべた。ミレイユにはエドアールの気持ちがよくわかった。

もう一人の年少の子ども、三歳前後の少年が「アレクお兄様、待ってよ！」とアレクサンドルを追い掛ける。次男のマクシミリアンだ。

ミレイユは「マックス、転ばないようにね！」と声を掛けた。

「大丈夫だよ！」

笑顔で振り返ったマクシミリアンは、ミレイユによく似た金の巻き毛に、夏の星の瞬く夜を連想させるラピスラズリ色の瞳だ。

そのマクシミリアンの後をかつてはミレイユの乳母であり、現在は子どもたちの世話係であるマリーが追った。

「ああ、もう。お二人ともお待ちください！　まったく、ミレイユ様に似てやんちゃになってしまって……。まあ、お元気なのはいいことですけど……」

一見愚痴を零しているようだが、二人が可愛くて仕方がないのが口調からわかった。

エドアールとミレイユはそんな三人を見守りながら微笑んだ。

不意に一陣のそよ風が吹き、アデライドの金茶の前髪を舞い上げる。

ミレイユは青い空を見上げ目を細めた。

「お父様、お母様……ただいま」

あとがき

はじめまして、あるいはこんにちは。東 万里央です。

このたびは「初恋の人が王太子殿下だったので諦めようとしたら激しく求婚されました」をお手に取っていただき、まことにありがとうございます。

今回の物語のヒロイン、ミレイユの故郷ミュラですが、こちらはフランスのワインの名産地、ブルゴーニュ地方を参考にしております。

せっかくだしこの機会に調べてみようと、葡萄畑作りからワインが出荷されるまで追ったのですが、まさに未知の世界で楽しかったです。

現在葡萄ジュースを発酵させワインにする際には、ワイン造りにより適した酵母を厳選し、培養したものを使用することが多いそうです。

しかし、なんと葡萄にはもともと自然の酵母がたっぷりついており、あくまで理屈の上で品質を考慮しなければの話ですが、潰してジュースにするだけでそのうち発酵すると聞いてほえーとなりました。

道理で世界中にワインがあるはずです。やっぱりある程度製造法がわかりやすくなければ、古代エジプトから現代フランスに至るまで広まりませんよね。

で、どうせならご当地ワインも飲まねばとばかりに、某通販サイトでブルゴーニュ産のワインを漁ったのですが、全体的にお高くてぎょえーとなりました。

ヴィンテージになると一本百万円越えのものもありました。それこそ王侯貴族とかビル・ゲイ○らへんが飲んでいるのでしょうか……？

他の作品でもワインの味について書く必要があったので、庶民の私でもなんとか手が届く○千円代のワインを注文。飲んでみた感想を一夜漬けのにわかソムリエっぽくして作中に書きました（笑）。

また、ミレイユが育ったピエール城のモデルは、フランスのベルゼ城という中世の城塞で、当時の人物がひょいと出てきそうな趣があります。

カタカナで検索しても日本のサイトには紹介した記事がほとんどなかったので、有名な観光地ではないのかもしれませんね。Chateau de Berzéというフランス語だと結構出てきます。ヨーロッパの古城に興味がある方は調べてみると面白いですよ。

ネットの口コミでは海外から結構レビューされていました。今年十月公開されたイギリス・アメリカの歴史映画、「最後の決闘裁判」のロケ地として使われていたそうです。

この映画は十四世紀の中世フランスが舞台で、騎士や決闘、百年戦争などの用語が登場します。当時のヨーロッパ的世界を知るのに格好の映画かも？

それまでまったく興味の湧かなかった土地や文化に触れるきっかけになる――これも書くことと読むことの醍醐味の一つかなと思うこの頃です。

最後に担当編集者様。いつもわかりやすいアドバイスをありがとうございます。苦戦しましたが、なんとか無事仕上げることができました。

表紙と挿絵を描いてくださったことね壱花先生。大変可愛いイラストをありがとうございます。エドをかっこよく描いていただいただけではなく、ミレイユがイメージそのままの美少女で感動しました。

また、デザイナー様、校正者様他、この作品を出版するにあたり、お世話になったすべての皆様に御礼申し上げます。

それでは、またいつかどこかでお会いできますように！

東 万里央

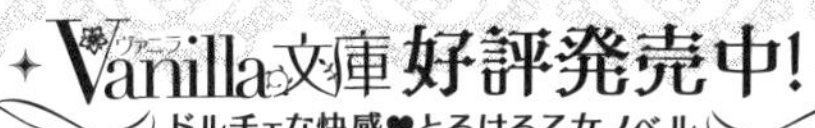

ドルチェな快感♥とろける乙女ノベル

あなたに口づけがしたくて堪らない

定価：590円＋税

伯爵様といきなり蜜甘新婚♥

粟生 慧　　ill.ことね壱花

孤児院で一緒だった弟妹を世話しながら王宮で音楽教師をするシルヴィは、彼らに教育を受けさせてくれると言われ、辺境伯ラファエルからの求婚を承諾する。「あなたは俺の愛を受け止めるだけでいい」彼をよく知らぬまま嫁ぎ、熱烈に愛されて戸惑うシルヴィ。毎日甘く口説かれ夫に惹かれていくが、王都ではラファエルの出自を巡る思惑が渦巻いて!?

さあ、おいで。僕の花嫁

定価：640円＋税

溺愛限定、束縛婚♥

～公爵令息とムリヤリ結婚させられたのに甘すぎ蜜月でした～

高木はじめ　ill.ことね壱花

奔放な振る舞いで父によく怒られるカロリーナは優等生的な公爵令息、アンドレイと突然結婚させられることに！　カロリーナは反発するが、困窮する友人の家への援助を条件に結婚を受け入れる。「カロリーナ…僕のものだ」条件付きの結婚のはずなのに情熱的にカロリーナを抱くアンドレイ。独占欲全開で溺愛してくる彼に戸惑いつつも嬉しさを感じ!?

花を眺めながら愛し合うのも
悪くはないだろう?

定価：650円＋税

囚われ令嬢でしたが一途な王子様の最愛花嫁になりました

小出みき　ill.芦原モカ

伯爵令嬢クラリサは王暗殺未遂の濡れ衣で投獄された。彼女を救ったのは〝悪魔公〟と噂される美丈夫の第一王子エーリクだった。「あなたを妻にしたいとずっと願っていた」噂と異なり美しく誠実な彼に、後ろ盾のなさを引け目に感じつつ求婚を受け入れる。溺愛され幸せな新婚生活を送っていたが元婚約者の王太子と異母妹の陰謀が二人を狙っていて…!?

佐倉 紫
ill.蜂 不二子
王弟殿下の秘密の婚約者
今だけ内緒でいちゃいちゃしています
Vanilla文庫

原稿大募集

ヴァニラ文庫では乙女のための官能ロマンス小説を募集しております。
優秀な作品は当社より文庫として刊行いたします。
また、将来性のある方には編集者が担当につき、個別に指導いたします。

◆募集作品

男女の性描写のあるオリジナルロマンス小説（二次創作は不可）。
商業未発表であれば、同人誌・Web 上で発表済みの作品でも応募可能です。

◆応募資格

年齢性別プロアマ問いません。

◆応募要項

・パソコンもしくはワープロ機器を使用した原稿に限ります。
・原稿は A4 判の用紙を横にして、縦書きで 40 字 ×34 行で 110 枚 ~130 枚。
・用紙の 1 枚目に以下の項目を記入してください。
　①作品名（ふりがな）/②作家名（ふりがな）/③本名（ふりがな）/
　④年齢職業 /⑤連絡先（郵便番号・住所・電話番号）/⑥メールアドレス /
　⑦略歴（他紙応募歴等）/⑧サイト URL（なければ省略）
・用紙の 2 枚目に 800 字程度のあらすじを付けてください。
・プリントアウトした作品原稿には必ず通し番号を入れ、右上をクリップなどで綴じてください。

注意事項

・お送りいただいた原稿は返却いたしません。あらかじめご了承ください。
・応募方法は必ず印刷されたものをお送りください。CD-R などのデータのみの応募はお断りいたします。
・採用された方のみ担当者よりご連絡いたします。選考経過・審査結果についてのお問い合わせには応じられませんのでご了承ください。

◆応募先

〒100-0004　東京都千代田区大手町 1-5-1　大手町ファーストスクエアイーストタワー
株式会社ハーパーコリンズ・ジャパン　「ヴァニラ文庫作品募集」係

初恋の人が王太子殿下だったので諦めようとしたら激しく求婚されました

ヴァニラ文庫

2022年1月5日　第1刷発行　定価はカバーに表示してあります

著　者　東 万里央

装　画　ことね壱花
発行人　鈴木幸辰
発行所　株式会社ハーパーコリンズ・ジャパン
東京都千代田区大手町1-5-1
電話　03-6269-2883（営業）
0570-008091（読者サービス係）
印刷・製本　中央精版印刷株式会社

Printed in Japan ©K.K. HarperCollins Japan 2022 ISBN978-4-596-31686-8